智的教育

[意] 保罗·曼特伽扎 著

王干卿 译

青海人民出版社

图书在版编目（ＣＩＰ）数据

智的教育 / （意）保罗·曼特伽扎著；王干卿译
. -- 西宁：青海人民出版社，2021.12
ISBN 978-7-225-06245-7

Ⅰ.①智… Ⅱ.①保… ②王… Ⅲ.①儿童小说—长篇小说—意大利—近代 Ⅳ.① I546.84

中国版本图书馆 CIP 数据核字（2022）第 003416 号

智的教育

（意）保罗·曼特伽扎　著

王干卿　译

出 版 人　樊原成
出版发行　青海人民出版社有限责任公司
　　　　　西宁市五四西路 71 号　邮政编码：810023　电话：（0971）6143426（总编室）
发行热线　（0971）6143516 / 6137730
网　　址　http://www.qhrmcbs.com
印　　刷　青海新华民族印务有限公司
经　　销　新华书店
开　　本　890 mm×1240 mm　1/32
印　　张　7.75
字　　数　180 千
版　　次　2022 年 1 月第 1 版　2022 年 1 月第 1 次印刷
书　　号　ISBN 978-7-225-06245-7
定　　价　32.00 元

前　言 （译文）

　　我真的非常高兴向中国读者推荐《智的教育》这本儿童书籍，这是意大利 19 世纪作家兼著名人种学家保罗·曼特伽扎一部最重要的作品。另外，作者还著有多部科普读物。

　　跟《爱的教育》《木偶奇遇记》和《淘气包日记》一样，《智的教育》也是意大利儿童文学具有代表性的最重要作品之一。在这部书中，作者以科学的方式，同时以讨人喜欢的手法让我们了解儿童的内心世界以及当时意大利的社会风情。在作品中，通过生活在海滨的巴琪恰舅爷——一位老海员兼哲学家的教育，《爱的教育》中的小主人公恩利科在《智的教育》中以新的面貌重现，可以说，这部书是《爱的教育》的姐妹篇。

　　由于王干卿先生（同时也是《爱的教育》《木偶奇遇记》《淘气包日记》和《露着衬衫角的小蚂蚁》的译者）的翻译，《智的教育》才得以在中国出版发行，让读者进一步欣赏作为意大利文化重要组成部分的儿童文学作品。

　　从 20 世纪 90 年代起，王干卿就是我在中国国际广播电台的同事。他退休后，依然坚持意大利儿童文学的译介工作，继续在中国传播意大利文化，并取得丰硕成果。我愿借此机会特别感谢王干卿先生为出版这部书所做出的努力，希望他能随着这部书的出版，有更多的译作问世，为进一步加强我们两国之间的文化交流和业已存在的良好关系做出贡献。

唐云（加博列拉·波尼诺）

汉学家、中国国际广播电台意大利语专家

2011 年 6 月 1 日于北京

译者的话

从意大利文原版翻译的《智的教育》（1887）中译本第一次跟我国读者见面了。

对于《爱的教育》（1886），我国读者并不陌生，而她的姐妹篇《智的教育》却鲜为人知。然而在意大利，《智的教育》跟《爱的教育》一样，也是家喻户晓、妇孺皆知的一部作品。

《智的教育》的作者保罗·曼特伽扎 1831 年出生在蒙扎的一个中产阶级家庭。1910 年在海滨城市拉斯佩齐亚的圣·特伦佐镇去世。

曼特伽扎是意大利著名的人种学家、病理学家兼医生，并在几所大学的医学系任教多年。他倡议并主持组建了意大利第一个国家级人种学博物馆，完成了多项与此有关的科学考察并得出丰硕的研究成果，因其在这个领域做出的独特贡献，他于 1865 年当选为国会议员。

除了《智的教育》，作者其他主要作品还有著名的三部曲《爱的生理学》《欢悦生理学》和《女子生理学》，以及《马德拉一日》和《无名的上帝》。

凡是读过《爱的教育》这本书的人都会记得，十二岁的主人公恩利科是个品学兼优的小学生。《智的教育》叙述的是，恩利科自上了中学后，由于不分昼夜地拼命学习，用功过度，结果累坏了身体，患上了几种疾病，无法继续学业，父母便把他送到舅爷居住的海滨小镇——圣·特伦佐生活、疗养的故事。

意大利是举世公认的"欧洲花园"。这个大花园中还有数也数不清的小花园。我在意大利工作期间，有幸游览了一块"五彩村落"的风水宝地（实际上是由五个色彩各异的沿海小镇连成一片的旅游区）——一个小花园。而圣·特伦佐就是进入"五彩村落"的门户——一个小小花园。小镇或深或浅的黄色和橙色房子依山而建，错落有致，眼前的利古里亚①海一望无垠、碧波荡漾。一排排枝繁叶茂的橘子树果实累累。柠檬树、棕榈树、古城堡、小教堂、小喷泉、街心小广场、狭窄的小巷……构成了一幅天然的意境山水画。

许多名人在这里荟萃一堂，留下了他们的足迹。大诗人雪莱在这里度过了他生命中的最后四年时光。大作家劳伦斯第一次光临这里就流连忘返，以后竟成了这里的常客。难怪附近的一个小海湾又名"诗人海湾"！我如今才似乎明白为什么多少墨客骚人对圣·特伦佐情有独钟，为什么曼特伽扎选择这里作为他最后归宿的永眠之地。在这座令人神往的小镇里，我仿佛看到作者以退休老船长和恩利科舅爷的身份，用大人给小孩子讲故事的形式，以汪洋大海、花草树木、锦绣大地和重大历史事件为载体，用诗一般的语言，向恩利科深入浅出地讲述什么是真善美，什么是快乐和幸福的人生，怎么塑造富有魅力和完美的人格。在贴近大自然，融入环境的过程中，恩利科培养起了一种尊重并善待弱小生

---

①利古里亚，意大利的一个行政区。意大利目前有四级行政单位，中央政府，行政区，省和市。其中共有二十个行政区。

命、热爱并呵护大自然，且与它们和睦相处的人文意识，锻炼了筋骨，锤炼出了坚强勇敢的性格；通过接触人和社会，他学会了如何了解人，如何认识社会这个大课堂，收获了课堂上学不到的知识，懂得了许多为人处世的道理。

经过一年的海滨和乡下生活，恩利科完全恢复了健康，回到了都灵老家，继续自己的学业。可以说，社会教育是素质教育的主要组成部分，而《智的教育》不愧为社会教育的最佳读本，是学生、家长和教育工作者的必读经典。

《智的教育》深藏着一个主题：如何育人，如何做人，尤其是如何做一个"完整"的人。以往读过的作品往往侧重于怎样做个善良的人，也就是如何成为一个好人的描写，而如何成为一个"完整"的社会人则鲜有涉及，可以说，《智的教育》为我们提供了这方面的一个范本。

《爱的教育》的原版题目直译成中文为"心"。意大利文的"心"除了表示人体一个重要器官外，还是一个转意词，有更深层次的含义，跟其他字组合，延伸出"善心""善良""良心""善举""行善""好心肠"。反义词为"狠毒的心肠"等。

《智的教育》原版题目直译成中文为"脑袋"或者"头"。意大利文"脑袋"除了表示人体的一个重要部分外，也是个转意词，那就是"头脑""脑子"，延伸出"理智""智慧"，跟其他字组合成另外的词组或句子。如"绞尽脑汁""冲昏头脑""笨蛋""傻瓜""有脑子的人"等。

《爱的教育》强调一个"善"字，由此产生了对祖国、对社会、对父母、对老师和对同学的大爱。《智的教育》强调一个"智慧"，就是做人处事要有"头脑"，要用"脑子"，做到"心"和"脑"并用，和谐相处。从某种意义上来说，这两部书不仅是姐妹篇，简直是"连体姐妹"了,是"你中有我,我中有你",相互依存,须臾不可分离的关系。

像《爱的教育》的作者一样,《智的教育》的作者在从心灵深处继续向人们呼唤着爱心、呼唤着善良、呼唤着人性的同时,还着力鞭挞丑恶。

《智的教育》的作者是研究"人"的专家兼医生。在本书中,作者对"人"这个高级动物做了"大卸八块"式的全方位的手术解剖,对"人"的灵魂进行了生理学意义上的剖析,挖掘并展示了"人"的隐蔽处的内心世界,指出"人"有两副面孔和双重人格,即美好的一面和丑陋的一面。美好的一面看得见,摸得着;丑陋的一面有时暴露无遗,有时却伪装得很巧妙,难以识破。

作者认为,对美好的一面要大加褒奖,对善良的一面要大力弘扬,而对丑陋的一面要注意识别,彻底揭露,无情鞭挞:做到"行善"与"鞭挞"相结合,爱憎分明,扬清激浊。这些做到了,才是一个"完整"的人。说到这里,似乎余音未尽,于是,作者继续"穷追猛打",深挖"宝藏"。作者所追求的理想,不仅要做个既乐善好施又疾恶如仇的"完整"的人,还要做个"完美"的人。作者善于从日常生活中采撷看起来习以为常的素材(如穿着打扮)进行艺术加工,概括出人生之旅的信条。以作者之见,"正派"的人即为"完美"的人,其基本要求是,"表里如一""内在与外在相一致""穿戴与职业相匹配"等。要是在做人的过程中,一个人变得狡猾可憎,变得猥琐卑劣,甚至没有脊梁骨,没有正义与邪恶之分,就意味着他离"做人"的要求越来越远,更不用说做一个"完美"的人了。

《智的教育》内容极为丰富,囊括了人生的方方面面。在理论和实践的结合上,作者精辟分析并详细阐述了"了解人和了解你自己"是成败的关键这一观点。"了解人和了解你自己",意味着在任何时候、任何情况下,你都拥有一笔取之不尽、用之不竭的宝贵财富。老子说过"知人者智,自知者明",我们常挂在嘴边上的一句话是"知己知彼,百战百胜"。虽然表述所使用的语言不同,但意思是完全吻合的,可算是放之四海而皆准、颠扑不破的真理。作者在书中介绍的八种职业是我们人生道路上的指路牌,并指出了每种职业都有利与弊、得与失,读起来发人深省,回味无穷。

读者朋友们,请你们在百忙之中,静下心来,拨冗翻阅一下这本小书吧。作为这部书的第一个中文译者,在阅读与翻译的过程中,我总有种愉悦心灵和纯净灵魂的感触。除此之外,我猜测你们读的时候,肯定会有各自不同的情感表露:有的会扑哧一笑,拍手称快;有的会陷入沉思;有的可能如坐针毡,或拍案而起,暴跳如雷,甚至破口大骂⋯⋯此时此刻,我想起一位哲人说过这样一句很切题的话:辛辣的讽刺蕴含着真善美。

我已是一个患有多种疾病,风烛残年的古稀老人。在病重和住院治疗期间,也确有放弃译这部书的想法。出版社的同志及时的关心、鼓励和敦促,广大读者的殷切希望,给了我战胜疾病,重新扬起生活之帆的勇气、力量和信心。当身体感到好些时,每天最多也只能工作两个小时;当身体不好时,就会完全停下来。若赶得太急太快,译者有生命发生意外的某些担忧,因此外出时,家人常陪伴,药物随身带。寒来暑往,冬去春来,如此这般地苦度了整整四个春秋后,终于译完了这部近一百三十年前出版的作品。倘若读者对本人译事中那些鲜为人知的故事感兴趣的话,我将在身体状况许可和适当的时候向你们披露。

《智的教育》即将出版,可现在我真的筋疲力尽,心力交瘁,大有心血几乎全部耗掉之感。常言道：天下没有不散的宴席。我的长达近半个世纪的职业生涯似乎应该画上个句号了，《智的教育》应该是我的收官之译作吧。含饴弄孙，热爱并享受每一天的生活，安度晚年，是我现在最大的心愿。要是你们读这部书时开心地笑一笑，并在人生之途上多一些冷静和理性的思考，就是对我的巨大抚慰，就是给予我为译这部书付出的艰辛和甘愿冒生命之虞的最好的、难以估量的回报。

王干卿

2011 年六一国际儿童节前夕

回首往事

——作者的孙女给出版社社长的一封信

亲爱的科罗纳塞社长：

接受您的约请让我有机会回首祖父保罗·曼特伽扎的往事。我既感到高兴，又有些许的惆怅，激动的感情波澜难以平息。

我并不了解祖父。今日重游现在属于我、原先属于祖父的故居和花园，感到万事万物都在向我讲述祖父的悠远岁月。

当我还是个小女孩时，就住在那座老宅里（尽管居住的时间不算太长），在花园里尽情地游玩嬉闹……依我之见，这一切都是这部书的真实写照。如今花园依然屹立在利古里亚大区的圣·特伦佐镇。

我已八十高龄，当时在祖宅里度过的美好时光，至今还时浮脑海，我仿佛亲眼看到祖父正在打开由他命名的"塞列娜"别墅的栅门，迈步踏上花园中的小径，登高望远，依窗凭眺他喜爱的大海，观赏昂然挺拔的松柏，倾听阵阵松涛，凝望五个孩子打闹嬉戏。我父亲雅哥布是祖父五个孩子中的一个。他长得酷似祖父，是祖父的宠儿，两人又都以医生为职业。或许正是这些缘故，祖父把老宅、花园以及他周游世界时搜集到的所有东西都留给了父亲。沧海桑田，今非昔比。今天的读者需要重新认识"巴琪恰舅爷"别墅的含义。

不过，冬青栎和松柏依然枝繁叶茂。从异国他乡引进的奇花异草依然一片葱绿，生机盎然，以它们特有的语言诉说着各自的逸闻趣事。

谢谢您在那不勒斯重阅且再版了这部书，同时还加进了新的内容。

紧握您的手，不胜感激，致以敬意。

朱丽叶·保拉·曼特伽扎

目录

第一章

恩利科被送往拉斯佩齐亚①海湾的圣·特伦佐镇，寄居在巴琪恰舅爷家

　　读者们在德·阿米琪斯《爱的教育》这本书里认识的那个品学兼优的恩利科，这时已经进入中学，他对每门功课都很喜欢，可他最感兴趣的还是历史课和地理课。他觉得在学校里的时间已经远远不够用，因此回到家里还要一直学习到深夜。

　　爸爸发现后，便用温和的口气对他说："我的恩利科，昨天夜里，我看到你写字台上的蜡烛还在燃烧，你就手里攥着一本书睡着了。你困得要命，眼皮不听使唤，不管再怎么聪颖、好学也是徒劳的。你妈妈告诉我，你太用功了，结果适得其反，再也学不下去了。这真是莫大的不幸！你现在是学校里的第一名，老师对你特别满意，我为有你这样的儿子而自豪。但现在我必须提醒你，如果你不听劝告继续这样下去的话，你的身体就会累垮，想学习也成为不可能。你现在只有十四岁，正是一生中长身体的最关键时期。你现在过度劳累，变成一个弱不禁风的孩子，就会像

---

　　① 拉斯佩齐亚，意大利中北部著名港口城市，造船业极为发达。

一辆报废的马车，永远无法使用了。"

爸爸的一席话，说得恩利科满脸通红，他答应每天睡足八个小时，可读书和学习新功课的欲望如此强烈，致使他的承诺无法实现。他学呀学呀，以致年终考试过后，他终于病倒了，卧床躺了一个多月，这可急坏了一向爱他的爸爸妈妈。他的五脏六腑好像同时出了毛病。为给他治病，医生已四五次改变治疗方案。他先是胃热，后又转成伤寒，接着是气管炎和慢性胃肠炎。后来终于转危为安，进入恢复期，医生要他在家疗养。他面黄肌瘦，非常虚弱，站在大厅里的镜子前一照，连他自己都觉得可怕。

恩利科的身体让妈妈揪心，但看到儿子能下床走路了，妈妈感到了极大的欣慰，她不知道每天要拥抱和亲吻儿子多少次。能听到儿子说话，能像往常那样呼唤宝贝恩利科的名字，妈妈简直不相信这一切都是真的。但是这讨厌的恢复期好像永远没有结束的时候！

要是恩利科上楼梯稍微快一些，他的心脏就跳得特别厉害，胸口也闷得要命，他就要马上坐下来喘口气。窗户打开，空气进来。站在窗前，恩利科顿感凉风飕飕，于是支气管炎复发，咳嗽不停。他只好躺在床上吃饭，因为他的身体非常虚弱，再也支撑不住了。他打呵欠，连续打呵欠，打得连下颌骨都快脱臼了！尽管他想方设法制止和隐瞒，可咳嗽依然如故。见到儿子病成这个样子，妈妈吓得脸色发白，烦躁不安。有一天，一阵剧烈的咳嗽后，他向手帕里吐了一口，看到上面有些红的东西。

他吓坏了，"哇"的一声哭了出来，接着心事重重、小心翼翼地来到爸爸跟前，让他看刚才吐出的那点儿血。他为什么没有让妈妈看呢？这并不是说爸爸爱他，妈妈不爱他。他心里的一个声音告诉他：如果妈妈得知他的状况定会更痛苦，更担心，更悲伤。

看到小手帕上的血，爸爸并没有显出惊恐不安的样子，而是

边安慰恩利科边说："没什么事，那血是从鼻子里出来的。"恩利科被他说得口服心服，再也不担惊受怕了。

第二天，爸爸请来当地三位著名的医生来家里会诊。他们对恩利科进行详细的检查，对永远没有结束的"康复期"（恩利科怀疑自己患了什么特别的病）提出了建议。

医生经过号脉，听诊，叩诊，最终得出结论说："没有患什么大病，恩利科的生命没有危险。不过，两肺的肺音非常微弱，需要增加肺活量。在肺器官的发育阶段，只要加强肺功能锻炼，是不可能患肺结核病的。要紧的是完全抛开书本和停止学习，不带书，不带笔，到海滨生活，在那里做一年农民或渔民，就会不治自愈的。"

还不到一周的时间，医生的建议便被采纳了。恩利科的妈妈有一个叫巴琪恰的舅舅（也就是恩利科的舅爷）退休后一直生活在圣·特伦佐，那是拉斯佩齐亚海湾一个风景如画的小镇。巴琪恰舅爷当船长时很少到都灵来，当然也难得来恩利科家做客。偶尔来一次，对恩利科全家来说，简直就像过节一样。他总是给恩利科家带来一些大个头的海鱼、龙虾、海蛏，送给恩利科一些西印度群岛①或日本的礼物，还有一些他在世界各地航海时搜集到的小纪念品。

---

① 西印度群岛，分为西印度群岛和东印度群岛。15 世纪末，意大利航海家哥伦布为寻找从欧洲通向东方的航路，四次西航大西洋，到达南北美洲大陆间加勒比海一些岛屿，误认为是印度，后意大利探险家亚美利哥到达南美，证明这里是一块欧洲人所不知的新大陆，因其位于西半球，故称为西印度群岛，以后几个世纪，西班牙人都用此名，作为南北美洲大陆间岛屿的总称。同西印度群岛相对称的、亚洲的印度和马来群岛为东印度群岛。马来群岛也曾称东印度群岛。荷兰殖民者曾占据现今的印度尼西亚为殖民地，也曾称其为荷属东印度群岛。

　　恩利科的舅爷没有儿女，生活孤独，家里显得冷落悲凉。接待外孙子恩利科他当然由衷地喜悦。于是，爸爸妈妈把恩利科送到圣·特伦佐的舅爷家。因为不能留下来跟儿子做伴，夫妇俩感到伤心难过。本来他们的如意算盘是，一个回都灵处理家务事，照料更小的孩子，另一个留在拉斯佩齐亚，照料、陪伴恩利科，帮他恢复健康。但现在他们都要回去。

　　分别是痛苦的，几个人热泪盈眶。爸爸妈妈答应尽快回来，常常来看望儿子。巴琪恰舅爷露出气呼呼的样子，用手背擦干眼泪，带着哭腔跟恩利科的爸爸妈妈话别：“哎哟，哎哟，难道都灵与圣·特伦佐是隔着大西洋或太平洋吗？难道我非得每天给你们写信不成？只要一张明信片，一句话就足够了。放心地回去吧！我会把你们的恩利科训练成一个膀大腰圆、强壮有力的海员的。这里的空气清新，一个人能活到八九十岁呢！”

　　刚刚来到圣·特伦佐的头几天，带给恩利科的是连连惊喜，怡然自得，他对此赞不绝口，甚至连远方的爸爸妈妈也不特别牵挂了。要知道，在此之前，他从未离开过他们。

　　恩利科第一次见到大海，渔夫撒网捕鱼的生活就给他以全新的感觉。一网下去，收回的全是活蹦乱跳的鱼。意大利巨型战舰在港湾进行训练，来往穿梭，要塞演习的炮声震耳欲聋。眼前的情景引起恩利科无限的惊奇和遐想。

　　这里的优美风光让他流连忘返，四季如春的温和气候令他如痴如醉。临近十一月，妈妈告诉他都灵已下了第一场雪，而这里的天空依然湛蓝湛蓝，灿烂的阳光依然柔和温暖，冬青栎树、松树和橄榄树的叶子永挂枝头，它们的青枝绿叶说明春天永驻圣·特伦佐。

站在风景如画的中世纪城堡上极目远眺，静卧深藏在小小海湾深处的圣·特伦佐历历在目，向列里奇望去，玛卡拉尼家族花园的美景尽收眼底。海滨掩在十多万棵松树和冬青栎的苍翠葱茏之中，像一条幽静的天然画廊。即使在骄阳似火的日子里，置身于这一片密密层层、苍郁幽深的绿海中，也备感清凉爽快。这里的气候四季如春，植物园周围耸立着高大的棕榈树，巴琪恰舅爷从澳大利亚和南美洲带来的热带植物在他的庭院里照样苗壮成长，好似在大声诉说着这里的温煦气候。

起初，恩利科在巴琪恰舅爷面前显得有点畏手畏脚，拘谨不安。日子一天天过去，这位老船长说话的口气不再咄咄逼人，态度不再蛮横霸道，连声音也变得柔和起来。恩利科开始喜欢上了舅爷，从舅爷身上看到了爸爸的身影。

这位善良的老船长风度翩翩，讨人喜欢。他中等个子，肩膀宽宽的，常年戴着一顶宽大的巴拿马帽子，上面布满斑点，海水浸泡的印记清晰可见，似乎铭刻着舅爷一生的奋斗史。他的头发灰白，满脸胡须，眉毛浓密而近似墨黑色，好像时刻隐藏着那双传递着两种特有信息的灰色大眼睛，一种是无比温柔，一种是暴躁脾气。舅爷发起火来叫人害怕，但来得快去得也快，如同一场狂风暴雨，过后就是艳阳高照，马上变得充满温情柔意了。他的一张紫铜色的脸，刻着犁沟似的深深皱纹，初次见面，让人害怕。可实际上他如同一头年老而善良的狮子，令人喜爱。

温柔和愤怒在巴琪恰舅爷的眼神中交替出现，是须臾不可分离的两种东西，似乎折射出他灵魂深处性格的全部。

有一次，恩利科跟舅爷在街上散步，一个断手的乞丐走过来向舅爷乞讨，舅爷向他大喝一声："快滚开吧！你这个懒汉！你这个混账家伙！"

听到满脸怒容的舅爷的吼叫声，乞丐吓得魂不附体，落荒而逃。乞丐没有跑多远，舅爷把一个里拉①放在恩利科的手上说："快，把这个里拉给他。他仅有一只手骨，干不了活，只能靠乞讨为生。"

还有几次，几个人敲舅爷家别墅的大门，请他参加为慈善事业发起的募捐活动及其他公益事宜。舅爷听后勃然大怒，在阳台上向这些人大声吆喝："见鬼去吧，这是不可能的！你们搅得我没有片刻的安宁。你们的用心就是让我落入慈善家的圈套，掏干那些傻瓜的钱包。我会做慈善事业的，不过，要用我自己的方式去做，只要我愿意，我知道如何去做，无须别人指手画脚，你们懂吗？"

这些人要是家乡同胞的话，他们一定会明白他说的是什么，也不会生气，临走时还会平心静气地说："我们回去了，下次再说吧！"

这些人相信，巴琪恰舅爷会在同一天为慈善事业捐出一大笔钱的。

家乡所有人都很爱戴他。恩利科跟舅爷一起散步时，这一点他看得很清楚。不管是在街头嬉戏的顽童，还是当地的绅士，大家都向他致意和问候，对他的爱戴与敬重可想而知。

孩子们总是将信将疑地望着他，不过也有向他微笑的时候，有时还径直向他走去，盼望着能从他那里得到一些糖果、水果，甚至几个铜板。他的同龄人和社会地位跟他相同的人都习惯地叫他"巴琪恰大叔"。有些人还以"老船长"直呼他。这似乎说明他的船是最受欢迎的。一些不明智的人或一些刚移居本村的人都

---

① 里拉，意大利从 1862 年到 2001 年的货币单位。从 2002 年起开始流通欧元。

管他叫"骑士先生"。事实上，他曾多年担任过列里奇市的市长。当时出于对他的尊敬，人们常呼他为"骑士先生"。这个习惯性称呼沿袭至今。但是最倒霉的是那些初次见到巴琪恰大叔就叫他"骑士先生"的人。为了给这些人一个警告，他训斥道："什么骑士不骑士的！难道你没看见我是用脚走路的吗？"他深信，这些人再跟他见面时，再不会叫他"骑士先生"了！

除了巴琪恰舅爷，圣·特伦佐还有三个闻名遐迩的人：一位是神父，一位是医生，还有一位是药剂师。这三个人一致同意给老船长冠以两个称谓，一是"野蛮的慈善家"，二是"哲学家"。当他大发雷霆时，就叫他"野蛮的慈善家"；当他对自己、对别人心平气和时，就叫他"哲学家"。

实际上，他这两种鲜明的个性是同时表现出来的。他爱发火是天生的，但他心地善良，富有教养，知道如何完善自己，如何克服天生的不足之处。他还是个哲学家，更确切地说，是个乐观派哲学家。关于他的人生哲学，我们将有机会用很多篇幅来叙述。

第二章

恩利科在舅爷家的庭园里的第一课·六棵松树、挪威大麦和石刁柏 [①]

"你看，恩利科"，有一天，巴琪恰舅爷和恩利科坐在庭园里的石椅上聊天，舅爷说，"千万别相信整天游手好闲就能养好身体。要知道，懒惰反而对身体有害，想学好功课，必须在露天学，不是非要学校的课桌、教科书什么的，你坐在我家庭园的石凳和海岸边的岩石上便能学习，我甘愿当你的老师。

"我既不教你拉丁文，也不教你希腊文，我只教你生活的艺术，教你在这个世界上如何自己谋生和如何助人为乐。要知道，我刚刚会读书和写字的时候，就到船上当起了仆役，我所掌握的知识，所拥有的全部财产都是通过自己的努力得来的，这座别墅也是我亲手建造的。当我学会读写的时候，当我用自己锐利的眼睛观察和研究在我周围发生的一切时，我就等于手中握着识别好坏的科学钥匙，我就能够自我教育，自我增长知识。

"我这样对你说，并不意味着叫你看不起学校、书本和老师。

---

① 石刁柏，我国俗称为芦笋和龙须草。

你应该知道，除了上面提到的这些美好的东西之外，还存在向大家提供各种机会的另一个世界，我们应该汲取比我们已经掌握的那些知识更可靠、更有用、更实际的东西。老师，包括最优秀的老师只是给我们指明了应该走什么样的道路，但是，我们必须靠自己的腿去走路，我们既要根据自己的喜爱停下脚步去观察那些同行者，又要细心观察和我们逆行的人；既要观察辽阔的原野，又要眺望地平线尽头那连绵不断、清晰可辨的黛绿山峦。

"我将在没有书本、没有黑板的情况下教你许多美好的东西。这些美好的东西是我学到的，使我、使别人都获益匪浅。我相信，你也将从中受益终生。生存的艺术和悟性在狭窄的学校里是学不到的。只有细心观察和研究周围的人是如何进行思维和生活的，你才能学到真正的本事。只要善于跟大自然和人类沟通，大自然的每种现象和在街上遇到的每个人，都可能成为我们的课堂，我们从老师那里学到的和书本上学到的所有精华部分都是从大自然这部厚重的书中提炼出来的。大自然是所有人的母亲，是所有老师的老师。

"喂，我给你举个例子看看。喏，这是我的植物园，是我用来激励斗志和培养人才的课堂。你看那五棵沿着从篱笆到家的路边生长的松树，和那棵生长在断崖绝壁上的芦苇丛中、面对大海时隐时现的松树是不一样的。

"这六棵松树树龄相同，又是同种，跟植物园和庭园其他生长的树木一样，都是我十年前栽种的。当时它们是四龄树，今年正好十四岁，与你同岁。看看吧，这六棵树的差异多大啊！那五棵松树奇美、粗壮、挺拔，而那棵枯黄的松树仅能隐约可见。

"这六棵松树是我从佛罗伦萨买来的，当时认为把它们全部栽在路边是没有问题的，可栽了前五棵，剩下的一棵就没地方栽了，最后不得不栽在那块不毛之地——断崖上。

"土地翻耕后，土层很厚，土质疏松，前五棵树根深叶茂，长得很快。你看，它们真像风华正茂的青年，不仅枝干粗壮，还松果累累；而断崖上的那棵只一米多高，像一个瘦弱而发育不良的小孩子，永远长不高，从不结果。显然，过不久就会枯死的。

"然而，刚栽培时，六棵小树苗的树身全部一样高，长得同样挺拔，当时预料以后它们将有苗壮生长的同样机遇。

"可前五棵已经长得有房子那么高。毫无疑问，它们活得将比我还要长。要是将来不被人砍掉的话，它们的寿命还会超过我的别墅。而最后一棵，也就是第六棵树却如同一位垂死的老人。人接受的教育不同，效果也不尽相同，如同这些树木，土壤不同、培育的方式不同，它们的生长状况也不同。农学是最有说服力的一门课，育人是培植'作物'的另一种形式。两个起初看似相同的人，只是由于后来生活在不同的地方，接受不同的教育，人生之课才大相径庭的，如同路边的松树与芦苇丛里遭遇不幸的松树，终将会有两种截然相反的结局一样。

"恩利科，你好好想一想我这六棵松树的来龙去脉吧！你不妨在给妈妈的信中也说给她听听。这个故事很短，但很真实，就算舅爷给你上的第一堂课吧！"

舅爷在海上度过了大半生，早已告老还乡，现在留恋故土，在自己的庭园中过着悠闲自得的田园生活。为了能够让恩利科呼吸到海上的清新空气，舅爷还教恩利科驾船，除此之外他老人家一般不再扬帆出海了。

恩利科有时还帮舅爷干一些园丁的活儿，以此了解植物的名字、用途及其栽培方法。

有一天，舅爷拿起锄头，开始挖一小块四四方方的地，地里还有以前收割庄稼时留下的麦茬儿。

"喂，恩利科，快来看，这些枯死的麦秆还有一段故事呢！这些麦秆就是一门知识和品德的课程。你愿意听吗？

"去年夏天，我在植物园的一小块地上种了一把大麦种子。要知道这些种子在我的工作室已保存一段时间了，是我在拉普兰①旅行时从那里带回来留作纪念的。在欧洲的这个偏远地区，不生长树木，连续三个月都是白昼，好像太阳永远不会落似的。草木和可怜的低矮灌木丛生长在冰天雪地中，只能急速发芽，匆忙开花结果。

"可以说，那里的农作物都急不可耐地完成着自己的使命，拉普兰植物有着加速自己生长、万古不变的习性。

"大麦是能够在拉普兰生长的唯一农作物，而且它的发芽、生长、扬花和抽穗都是以前所未有的速度完成的。

"我打算看看大麦种子在我们这里是不是还能继续保持原来加速生长的习性。于是，我把一些种子放到旅行箱带了回来，后来居然把它给忘掉了。在抽屉里一放就是好几年。今年，我忽然想起，将种子取出来做实验。

"恩利科啊，在我们这个风和日丽的地方，所有植物都没有受过冰雪严寒的侵害，而得以茁壮成长。拉普兰大麦依然继续保持着自己原有的特性，完全出乎圣·特伦佐我的邻居和朋友们的意料，仅仅几个星期的时间，它就结出了饱满的穗子，完成了生长周期。你看，一捆金黄色的麦穗已挂在我工作间的阁楼上。

"我要继续用新种子做实验，明年，不，以后许多年……只

---

①拉普兰，挪威、瑞典、芬兰和俄罗斯的北部，统称为拉普兰地区。

要我活着，就一直做下去……我将让我的合法继承人根据我总结出来的经验和教训接替我的工作，一年又一年地种下去。我相信我的大麦将渐渐失去匆忙生长和成熟的特性，直到成为适合在我们欧洲的温暖和炎热气候国家种植的那种大麦为止。

"亲爱的恩利科，这种拉普兰大麦给我们上了一堂实实在在的课。首先，它向我们展示了植物为了适应气候条件的需要，是如何'卑躬屈膝'，如何改变自己的，这样做的目的无非是为了抵御威胁它们生存的危险和敌人，要是斯堪的纳维亚 ① 和拉普兰的大麦像我们这个地方的大麦那样生长缓慢的话，那么必然要放弃自己的生存权利，因为它将不是被料峭的春风吹枯，就是被北极的第一场秋寒冻死。然而，北方的大麦却都跟时间赛跑，躲开了自己的敌人。我们中间的有些人命中注定是短命，因为他们身体和智力的发育往往过早，而且他们快速地越过人生顶峰，如同我从拉普兰带回来的大麦那样'昙花一现'。

"事情并未到此结束，大麦把自己快速生长的习性传给下一代，即使被带到热带国家，还是照传不误，尽管看起来原有的习性大可不必传下去。其实，我们人类也是如此。我们接受不同的教育，处在不同的环境中，我们都在不断地改变着自己，不是向好的方面改变，就是向坏的方面改变。我们不仅千方百计地完善着自己，还把自己获得的善良习性传给子孙后代。善良孕育善良，活着的善良人会把自己的行为和善良习性传给尚未出生的人。

"恩利科啊，尽管你的智力大大超过实际年龄，你可能还是不会马上理解我刚才对你说的那些话的重要性。不过，这也没关系，只要你记住大麦的话题，并在孤独和默默祈祷的时刻沉思一

---

① 斯堪的纳维亚，北欧一地区。包括挪威、瑞典和丹麦，有时还包括冰岛、法罗群岛和芬兰。

下就足够了。当你成了满脸胡须的大人，将会回想起我对你讲的有关大麦的有趣故事，并且对此做出连篇累牍的评论，再把它们运用到日常的实际生活中去，运用到重大社会问题的解决中去。"

有一天，巴琪恰舅爷蹲坐在植物园的林荫小道上，兴致勃勃地拔草。恩利科坐在一块大石头上，百思不得其解地望着舅爷拔草的那种兴趣盎然的样子，于是问道："亲爱的舅爷，您觉着拔草果真很有意思吗？您为什么不让农民去干这种既费力又惹人烦恼的活儿呢？"

"我的恩利科啊，你想象不到我因为拔草而享受到的乐趣！这不，我在跟小草说话，还跟来来往往的蚂蚁说话，打扰得它们无法秩序井然地劳作；我还跟蜗牛说话，跟鞘翅目昆虫^①说话，跟动物世界的小小精灵和植物世界那具有顽强生命力的花草说话。大多数的人类对它们熟视无睹，不屑一顾，它们每天都受到肆无忌惮的践踏。我的一成不变的手工劳动有助于发挥我的想象力。我刚才的心思放在一棵草上、一只缩在甲壳里的蜗牛上，可现在我的思绪又驰骋得老远老远的。我坐在幽静的小道上拔草时，忽然想到了写书这个话题，我可从来没写过什么书呀！要是我写的话，有一本是不可缺少的，就叫它《庭园教育学课程》吧！

"我的恩利科啊，要是不太打扰你的话，就讲给你听听。

"在我院子里的沙质小径上，我从来都没有种过草籽，可现在却出现了至少三四十种草，它们生了又死，死了又生，具有顽强的生命力。喂，我举个例子给你看，婆婆纳^②、毛茛和荨麻，这三种草如果连根拔去，就不会再生出来。要是风把其种子从别的地方吹过来，那倒是个例外。只要有两个须根没有拔出来，它们

---

① 鞘翅目昆虫，也就是我们常说的甲虫，如金龟子、天牛、象鼻虫等。
② 婆婆纳，又称"双肾草"。

仍会顽固地繁衍生长。谁都知道,狗牙根①同样是坚忍不拔的家伙,你不管怎么拔除它也无济于事,照样能长出来。由于它倔强的特征,甚至派生出一些类似格言的东西,如'顽固不化''不可救药''纠缠不休'等,它的那种非凡的形象总是屹立在我们面前。其次,蒲公英也是以倔强而闻名于世的。你看,它开着金黄色的花,叶子跟野生苦苣十分相似。

"上面提到的两种植物为抵抗破坏而表现出来的强大生命力给我们上了一堂难以忘怀的课。

"狗牙根不论在什么情况下,都可以把它的根深深扎在潮湿的泥土里、干旱的沙漠里,甚至是岩石的缝隙中。你要是以为连根拔掉狗牙根就万事大吉了,其实等于你什么都没做。殊不知,你把那些数也数不清的须根遗留在地下石头缝隙中,还照样再生出同一种植物来。你看,我这里有一个铁钩、一把小锄头,可以用这两种工具把那些四处蔓延的须根钩出来、刨出来,但我不可能将所有的须根暴露在光天化日之下,只要有一个留在土里,它就会长出一整株植物来。

"蒲公英以另一种形式来奋力抵抗外界对它的破坏。当你摘掉它刚刚露出土的叶子和花儿的尖尖儿时,你满以为自己的大功业已告成,可你大错特错了。其实,它的每棵幼草把自己六块或者八九块甚至二十几块酷似许多小胡萝卜的圆锥形根茎留在了地里,它们将像雨后的春笋顽强地抗拒着死亡和破坏者,自生自长出一株株完整的蒲公英来。

"你看,那边植物园深处,无花果下面的那棵石刁柏,也是一样,尽管每年开花和结果前我总是将它拔掉,可它照样发芽和

---

①狗牙根,俗称"绊根草",秆常匍匐,节着地易生根,根状茎蔓延力强,常用以铺建草坪和球场。

生长。很多次，我相信只要斩草除根，它就没办法活了，可这不过是自欺欺人而已。来年，让我大失所望的是，'顽固不化'的幼苗照样破土而出。今年，你将会看到它郁郁葱葱。它'顽固不化'的样子让我肃然起敬，从它那坚定不移和毫不动摇的性格中，我好像看到了它忠于职守的光辉形象。我要高呼：石刁柏万岁！

"亲爱的恩利科啊，狗牙根、蒲公英和石刁柏给我们上了一堂精神培育课。它们坚强不屈，能应对各种挑战，这是因为它们的根系非常发达和粗壮，又深深地扎在土壤里的缘故，而其他一些杂草的根很少，而且很细，只要拔出来，便很快枯萎死亡。至于我们呢？为了摆脱生活的逆境，我们必须把科学的根、感情的根牢牢扎在深处，这样，当遇到意想不到的天灾人祸时，我们才有能力立于不败之地，开始一种完全崭新的生活。一切事情都源于根基太浅而付之东流。你那双强有力的手千万别无缘无故地去拔草和灌木，否则会伤及无辜。久旱不雨，根浅的植物会因为所接触的土壤不含水分，而容易枯死。相反，当根系扎到深处时，它们就能吸收生命所需的水分，因为地层越深，水的蒸发就越缓慢，越困难。另外，植物不该只有一个根，而应该有很多根，这样，即使由于干旱有些根会枯死或者惨遭敌手的破坏，可是总会有根能死里逃生。

"想想啊，恩利科！这就是关于植物根的故事，这些故事你要牢记在心，等你将来长大了，再经过自己的深思熟虑，你会受到启迪，获得教益。"

第三章

一堂行善课

有一天，巴琪恰舅爷和恩利科从圣·特伦佐出发，一直散步到列里奇。这天天气晴朗，凉风习习，湛蓝的海面粼光闪闪，微荡着涟漪，石块和防波堤把大海与陆地分隔开来。他们沿着海滩狭窄的边沿地带蹒跚而行。为防止发生意外，他们必须小心翼翼避开横卧的巨石。这条坎坷不平的路年年修，可总也修不好，走在坑坑洼洼的路上，根本无法交流，时而说出一个单词或发出"咿呀""哎哟"的惊叹，就能打断他们的思路。

他们走着走着，天色忽然阴沉下来，大海融合在灰暗的雾霭之中，让人顿时感到一丝丝寒意，萧索悲凉。这就预示着冬天向人们招手了。

利古里亚①的冬天是短暂的，春光明媚的天气居多，但不可否认的是，还有一些灰沉沉的坏天气，阴雨连绵的日子也是有的，洪涝灾害也时有发生。

---

①利古里亚，意大利的一个行政区。意大利目前有四级行政单位：中央政府、行政区、省和市，其中共有二十个行政区。

来到博特里海滩，巴琪恰舅爷让恩利科坐在一块被海浪侵蚀得满是孔眼的礁石上，这礁石如同天生的椅子，坐在上面很舒服。一团团云彩散开，一片晴天倏然露出，于是，一束寒冷的阳光，一抹细碎的银灰颤巍巍地掠过海面，如同一个佩戴明晃晃胸甲的古代武士健走如飞。当一缕一缕的浮云集聚到一起时，转眼之间，光线呀，彩霞呀，亮光呀，统统都不见了踪影，天空和海水又回到刚才那种灰沉沉、满目萧索的样子，好似紧紧裹在一件混浊和昏暗的外套里动弹不得。这种晶光闪耀与模糊灰暗于转瞬间的交替，分散了人们的注意力，打断了人们对万事万物的思索以及对天空和大海的关注。恩利科和巴琪恰舅爷不言不语，只是相互对视着。

沉默被巴琪恰舅爷的一声长长而深沉的叹息打破。他目不转睛地注视着大海足足有几分钟，似乎正在回忆与自己有关的久远往事。

"舅爷，你为什么唉声叹气？"恩利科不假思索地问。

"为什么叹气？这个只有我知道。你看，今天一切都是灰灰蒙蒙、迷迷茫茫的，我心境不佳，就容易回首往事。那是六十多年前的一段往事，如今想起来，我还感到心情沉重。然而，我的悲哀也包含着宁静和甜蜜。回忆起我这半个多世纪的人生，应该说，没有什么……真的……没有什么可责备的。

"恩利科啊，六十二年前，一个像今天这样灰暗、寒冷和悲哀的日子，我也坐在这里的同一块礁石上。在过去短短的几个月里，我先后失去了爸爸、妈妈，当时我年幼无知，感到人生孤独，世态炎凉。后来我被收容到有三个班的圣·特伦佐小学。

"我父亲的一位堂兄，当时是做长途运输的船长。他对我说，再过十五天，我可以到他的船上打工，在黑海^①做贩运小麦的生意。喏，我就坐在这个地方的这块礁石上，礁石的颜色一个世纪前就是这样的，上面的孔眼也是相同的，我一边默默地望着第一次必须穿过的大海，一边思考着未来在海上如何度过整个一生。

"那一天，我思考的不是到遥远的国家航海出游，也不是期待已久的，跟刚刚认识、将来可能要成为我的主人的堂伯一起开始全新的生活，不，绝对不是那种生活，而是一种深埋在像我这样一个寡言少语的孩子内心世界的思考。这种思考让我在这个充满浪漫情调、风景如画的弹丸之地按照自己的思维方式自由地生活，这个念头是那天上午我拜访村里的老神父堂·埃瓦里斯托时产生的。

"堂·埃瓦里斯托神父让我到他那里去一趟，说在我离开圣·特伦佐以前要送我一件礼物。

"他没有再说别的什么话就走了。过了几个小时，我到了神父的住所。怀着极大的好奇心，我急不可耐地企盼着看看他到底送给我什么样的纪念品。

"'哎哟，我的了不起的受洗者^②！你真是像只驯服听话的小绵羊！快，快来，坐到沙发上！'堂·埃瓦里斯托神父说。

"接着，他打开床头柜，拿出两块巧克力给我。

"他要送给我什么宝贝礼物，当作临别纪念呢？我心里想。

"我开始变得焦躁不安和半信半疑了。神父的圆圆脸庞涨得如同胡萝卜那样鲜红，嘴角上挂着温和、亲切的微笑，大有跟我

---

① 黑海，欧洲东南部和小亚细亚之间的内海，面积 423 平方公里。

② 受洗者，意大利是一个以天主教为主教的宗教国。受洗是教徒入教时举行的一种仪式，把水滴在受洗人的额上，或让受洗人的身体浸在水里，表示洗净过去的罪恶。一般是八至十岁受洗。

闹着玩之意。

"也许堂·埃瓦里斯托神父真的是在跟我开玩笑，我多么想很快地知道他到底要送我什么礼物啊！

"神父说：'我的受洗孩子，你看得很清楚，我很穷，既不能给你一块金表，也不能送给你一个装满金币的钱包，然而，由于我是你爸爸妈妈多年的亲密朋友，我很乐意送你一件这样或那样的礼物。但是，我不能送你贵的东西，只能将一个比一块金表，比一包金币更值钱的劝告送给你。要是你按照这个劝告去行事的话，等你有一天回到圣·特伦佐时，假如我还健在，你肯定会对我感激不尽的。

"'如果你那可怜的爸爸还活着的话，他会付出任何代价让你继续求学，他的抱负就是要把你铸成栋梁之材，培养成律师、工程师或大法官。他英年早逝，结局居然变成了一场灾难，让你成了孤儿和穷人。尽管你才十岁，但就要用辛苦的劳动来糊口，开始跟你的堂伯巴尔托罗船长学习怎样成为一个海员。好啊，你只要不灰心丧气就准能做到。

"'职业没有贵贱之分，只要用智慧，用心去做，将来你就有可能从海员变成船长。只要每天学习一点儿东西，你每天肯定都有长进。最好和最有用的育人方法就是自己竭尽全力去做事。这就是我的劝告，也是我称之为送给你的最好礼物！从明天开始，你早晨起床做完祷告，就要确定白天做的三件好事，到了晚上，也就是你上床睡觉之前要检查一下你是否完成了早晨确定必须完成的三件好事。你按照这种方式生活，你的整个一生的每一天都不会白过，你就总能完善自己，成为一个完美的人，而无须再有老师，再有学校什么的。我的小宝贝啊，我的小小受洗者啊，现在让我吻你一下吧！你千万不要忘记，我这个神父对你的劝告哟！'"

巴琪恰舅爷喘了一口气，继续说："亲爱的恩利科，说实话，当时听了神父的一番话，我觉得有点儿可笑。说心里话，我情愿带回家一枚银币或者一个儿童玩具，哪怕一件小小装饰品都可以，我都不愿要什么劝告之类的话。第二天，我又来到这里散步，坐在这块礁石上，堂·埃瓦里斯托神父对我说的那些话再次跃入我的脑海中，我想了又想，经过深思熟虑后，我决定从那天起，按照神父的教诲去做。现在我是个老人了，已别无他求，更没有能力和精力做到十全十美，可我已自觉养成了雷打不动的习惯，坚持不懈地在早晨就确定一天要做的三件好事。要是晚上想起白天还有一件事没有做，就不能像平常那样安心、平静地睡个好觉。在海涛滚滚的日子里，事实上我彻夜难眠，在甲板上踱来踱去，一直熬磨到天亮。在新的一天到来之前，我必须做母亲教我的祷告，然后，确定白天要做的三件好事，并考虑如何兑现。

"堂·埃瓦里斯托只要求我白天做三件好事。我持之以恒地磨炼自己，严肃认真地反省自己。我还努力完善神父的教诲，使之发扬光大，尽一切可能做好三件完全不同的好事，保持身心健康，陶冶情操，增长才干。

"要知道，多年以来，我没有读书的空余时间，后来有了点滴的可以自由支配的时间，处境也有些改善，才开始读小说。接下来，我逐渐转向阅读更为严肃的作品，如历史、文学，甚至哲学方面的著作。好的，实话告诉你，在我所读过的所有哲学作品中，我认为最健康、最优美、最优秀、最简明的是那些懂得我内心世界的书。所以，我一直读这类书，每天都在尽力地完善着自我。可以说，这类哲学书蕴含着真知灼见和人生哲理，教给我做一个完美的人，必须保持身体、感情和思想这三者之间的平衡。

要是其中仅有一种正常运作，对其他两种不屑一顾，那么这个人就是个办事杂乱无章的人，绝对不会是个幸福、善良和智慧的人。幸福的人就是心智健全的人，就是达到身体非常健康，心地善良，富有教养，头脑思维缜密等方面的完全和谐一致。

"我们要多多注意身体健康，因为即使在蒙特鲁波①产的陶瓷制品上也明明写着：没有健壮的体魄，就不可能是幸福的。如果把心地善良和头脑排除在外的话，健康状况是人世间第一位的自然资源。

"仅仅心地善良不行，仅仅有头脑还是不行。一个仅仅善良的人如同一只没有舵而仅仅靠风力行驶的船。一个仅仅有头脑的人如同一只装着好舵而没有帆、没有风的船。不管在任何时候，这样的船都将会撞在礁石上或搁浅在沙滩上或永远停留在同一个位置。

"聪明的头脑支配一颗善良的心，这是我的口头禅，也是我的信条、我每天的祈祷词。说白了就是舵好、风顺、日行千里。

"亲爱的恩利科啊，我们在一起会有一年的时间，你将反反复复地听到我这首歌，你可要有极大的耐心哟！我坚持自己的信仰，同时，我可以完全有把握地说，我们的教育必须建立在这坚不可摧的基础上，所以我必须每天向自己、向大家做几次这样的祷告。

"出于这种信念，根据堂·埃瓦里斯托的宝贵建议，我在每天日常生活中都要努力做好三件事，一件是增进我的身体健康，一件是完善我的爱心，一件是培育我的思想。

"亲爱的恩利科啊，你已经十四岁了，有超越自己年龄的过

---

① 蒙特鲁波，意大利"陶艺之乡"，盛产陶瓷制品。

人智慧，在接下来的一年里，你一定要养成每天做三件好事的习惯……"

恩利科聚精会神，一句不漏地听完舅爷长篇大论的讲话。舅爷的话引人入胜，趣味无穷，令人惊叹不已，展现在恩利科面前的完全是一个崭新的世界。过去他真的以为，只有学校才能学到知识，在家里，爸爸妈妈的责任就是千方百计地催促孩子牢记老师的教诲，做到这两点就是最棒的了。眼下，这位一直做海员的年迈舅爷大大开阔了他的视野，他对许多问题有了进一步的思考，而这些问题他先前是从来没有想过的。

恩利科体会到，人类本身蕴藏着多少智慧啊！拥有多少出乎意料的强大力量啊。他就此深信，在绝大多数情况下，人类的老师就是自身！

对于舅爷跟自己这次谈话的意外收获，恩利科的惊喜溢于言表，激动得连说话也断断续续，前言不搭后语。他语无伦次地说："舅爷，整个一生每天都做三件好事，怎么可能呢？依我看，永远做好事是难以想象的！每天做三件好事，一年是……多少件呢？"

舅爷脱口而出："一年一千零九十五件，要是闰年多一天，就是一千零九十八件，我对这些数字早已烂熟于心了！"

"一年要做一千零九十八件善事……"恩利科不由自主地又说了一遍。

"我最亲爱的恩利科啊，一个正人君子每天至少应该做二三十件好事，应做的好事实在太多，比如，对朋友的每次谦恭有礼，每个公平的行为，热情提出每条建议和诚恳接受每个劝告，一次粗野的本性冲动而付出的每个小小牺牲，学到的每个新知识也是一件好事……所有这些好事，你只做三件，难道还困难吗？"

"也许做好事比我想象的要容易得多，可依我看，您如今的想法如此新鲜，我不熟悉该怎么做才好……"

"好吧，为了让你更好地按我原来的思路做好事，现在我教你怎么做。过几天，我先在一页纸上为你写出一月份打算每天要做的三件好事。你可以按我写的去做，如果你受到某种启发，就在我写的下面画上虚线，可以随时更改，把我写的换下来改成你写的。这样，一个月后，你就知道该如何将每日的三件好事直接写到本子上，再也无须参看我原来提供的样本了。

"然后，你还需要听我再啰唆几句：开始做好事的前几年里，也就是你还没有长成大人时，别老想着自己每天做了什么好事，只要在一个设有两个栏目的小本上写下三件好事就行了。这两个栏目相互对应。做到了，就在个栏目里写上'是'；要是没有做到，就在另一个栏目里写上'没有'。可以肯定地说，等你到了垂暮之年，你会怀着极大的兴趣来重读这些小本子的。你会觉得这是所有藏书中最珍贵的纪念品，将会激起你对童年、少年和青年的甜蜜回忆，像一个个生动的镜头那样从你眼前一一掠过，你会返老还童，你那灿烂的微笑依然迷人，你将被岁月流逝中你所做的、数也数不清的大量好事所感染，激荡于胸怀的感情波澜难以平息。你那光辉的一页将是你美德所收获的宝贵财富，将是你高尚行为收获的编年史。毫无疑问，每一个人，即使他是这个世界上一位默默无闻的人，或者是一位普通公民，在他们最平凡的人生轨迹中，都可以取得英雄的业绩，做出最崇高的贡献，但历史毕竟不是一幅包罗万象的画卷，不可能对所有的功劳都一一记录在案的。然而，他们的无私奉献，使得我们的生活变得幸福、美好，让我们永远为他们祈福吧！

"现在，我把堂·埃瓦里斯托神父送给我的'礼物'再传给你。把他的教诲再教给你！"

几天后，恩利科看到自己的桌子上放着一个小本子，打开一看，只见舅爷在上面写着一月份每天要做的三件善事，其他十一个月的日子则是一片空白，这是留下来供恩利科自己填写的。

第四章
行善日历的制作格式

1月1日

一、今天我要扪心自问身体方面的不足之处。

二、找出自己品性方面的最大缺点。

三、最后找出智力方面的最大弱点。

在自我反省中，要是不清楚自己的缺点，请巴琪恰舅爷帮我指出来。

1月2日

昨天，我看了证章的"背面"，今天，我想看看它的"正面"，这就是，我要反过来对自己提出三个问题：

一、我身体最显著的优势是什么？

二、我思想中最高尚的品德是什么？

三、让我付出少，而收获大的脑力工作是什么？

大概我没有必要请巴琪恰舅爷帮我回答这三个问题了。我会马上看到自己的长处，而且会用放大镜成千上万倍地去看。

1月3日

一、昨天，和我同龄的表弟皮埃罗登上了卡纳尔比诺山，一个半小时后就下了山，今天我也要去登山。

二、前天，比纳罗向我乞讨一个铜板，当时我正要到温图里女士家别墅的小剧场去看戏。于是我生气地说，别打扰我，便扬长而去。即使今天他不向我乞讨，我也会给他两个铜板。

三、今天我想背诵但丁①《地狱篇》的第一章。前天反省缺点时，感到记忆力差是我的主要缺点，真不幸!

1月4日

一、今天他们刚叫我一声，我就很快起了床，并没有像昨天装着睡熟的样子。

二、今天在没有舅爷提醒的情况下，我要给妈妈写一封好长好长的信。

三、今天我想背诵意大利主要河流及其支流的名字、发源地和它们将流入什么海。

---

① 但丁（1265—1321），意大利中世纪作家和诗人，其代表作为《神曲》。

1月5日

一、告诉舅爷说，今天我要吃胡萝卜，即使不喜欢吃，也得吃下去。

二、今天和邻居家的孩子做游戏时，不做对不起他们的事。

三、背诵阿尔卑斯山和亚平宁山脉所有主峰的名称。

1月6日

一、模拟行军演习，徒步向拉斯佩齐亚急行军。

二、今天我决定不跟表弟做游戏了，用这种始料不及的失礼方式惩罚自己，以回应舅爷对我的责备。

三、勾勒欧洲地图的轮廓。

1月7日

一、今天用心剪指甲，彻底打扫指甲卫生。昨晚在梅乌琪家跟邻居家小姐玩纸牌时，指甲很脏，我羞得满脸通红，多难为情啊！可以清楚地看到，我的指甲脏得像米兰产的一种灯芯绒的黑边。

二、今天从植物园里摘下两个柠檬送给梅宁的妻子，她因高烧不退已经卧床数日了。

三、背诵从马可·波罗①到斯坦利②的世界最伟大的旅行家的

---

① 马可·波罗（1254—1324），意大利著名旅行家，曾在中国为元世组忽必烈效劳十七年。

② 斯坦利（1841—1904），英国保险家、记者。以在中非救出失踪的保险家利文斯通和多次在非洲探险并考察刚果地理而闻名。

名字。

1月8日

一、昨天,饭吃到嗓子眼,鱼汤喝得太多。饭后,肚子撑得难受,噩梦不断。醒后,头昏脑涨。今天,要减少食量,给肚子留点地方,不要像昨天那样暴饮暴食了。

二、今天不管遇到多少人,一定要注意用让人高兴的方式跟他们说话。

三、凡是所有读过的、喜欢的书,今天要写出读书笔记,用积极向上的心态做出评价,要问自己为什么喜欢它们。

1月9日

一、今天舅爷说划船带我去列里奇。这次我想自己多划划船,锻炼手臂,平时我腿部练得比手臂多,胳膊腕子细长细长的,力气特别小。

二、跟往常一样,今天要到玛卡拉尼公园去散步。我想弄明白为什么我必须同样爱爸爸妈妈,而爱的程度为什么不能有区别呢?

三、勾勒意大利地图的轮廓,包括它的海岸线和主要山脉的走向。

1月10日

一、由于怕受寒,以前往往穿裤子和袜子睡觉,这种坏习惯说明人懒、不讲卫生。今后，决不穿裤子和袜子睡觉了。

二、我想让今天成为爱我、宠我、最亲爱的舅爷最高兴的一天。

三、把拉丁语、法语和德语的书名译一页。

1月11日

一、让舅爷告诉我什么样的食物最有营养。

二、把自己喜欢的朋友依照喜欢程度的顺序写出来，并对此做出合理解释。

三、我最讨厌算术，今天必须做完教科书里的两道练习题才可以去玩。

1月12日

一、我想知道为什么我们常常喜欢吃对身体健康有益，然而营养很少的水果和蔬菜。

二、今天，我禁不住扪心自问：我的老朋友皮埃里诺，最近为何变得令我讨厌？这种改变是我的原因还是他的原因？

三、用书面回答另外一个问题：在我所知道的伟大人物的名字及其功绩和著作中，谁是最伟大的人物？原因何在？

1月13日

一、舅爷总是对我说，必须想方设法地做些最困难的事情。对我来说，最困难的一件事莫过于早起早睡。从今天起，跟舅爷同时睡，比他早起床。

二、今天我将陪皮埃里诺两至三个小时，因为他的一只脚扭伤了，只能卧床养伤。

三、自问自答一个问题：在自己读过的名人传记中，哪位是最优秀的?

1月14日

一、昨天，我跟奥兰多的两个同我年龄一样的孩子比赛跳跃运动。

我很不会跳，跳起来很糟糕。今天，我想再跟他们比一比，想像他们跳得一样好。我不是和他们一样有腿，有力气，而且身体灵活吗?

二、我想教凡琪奥的儿子读书识字。这孩子因为不会识字常感羞耻。他是个好孩子，我也很喜欢他，我情愿每天抽出半小时为他做这么点儿好事。

三、描摹地图册上第一页的世界平面球体图。

1月15日

一、水、啤酒和葡萄酒对我们的身体有什么不同的作用，我想研究一下这个问题。

二、今天我想把所有认识的人分成三大类：哪些是我爱的人，哪些对我是无关紧要的人，哪些是我讨厌的人，并把第三类人缩小到最小范围。

三、把铁托·李维 ① 的一页作品译成法文。

1 月 16 日

一、昨天，咖啡店老板拉易蒙迪给了我一支烟，我躲在院子里的小树林里抽了起来，今天我发誓，在成为一个大人之前，我决不再抽烟。

二、科斯坦察姐姐的热情来信已过去十五天，我还没有给她回信。今天我一定给她回信，今后再也不能做这种没有礼貌的事情了。

三、把一页法语文字译成拉丁语。

1 月 17 日

一、为什么冬天比夏天更容易感冒？为什么出了汗以后，感冒会好得快？我想让圣·特伦佐特别受人尊敬的一位医生给我解释一下。

二、昨天，当我跟邻居皮埃罗谈到我们都灵的家时，我吹嘘屋子如何漂亮美观，多么宽敞豪华，还特别强调家具精致，品种齐全，说完，我后悔莫及。今天若再说房子时，我要注意用词恰当。很遗憾，对于自己的所有事情，我一直有过分赞美的老毛病。妈妈常常对我说，言过其实是谎言的孪生兄弟。

三、打算用铅笔画舅爷的别墅。

---

① 铁托·李维（公元前 59 年—公元 17 年），古罗马著名历史学家，著有《罗马史》142 卷，记述罗马建城至公元前 9 年的历史。

1月18日

一、长时间散步后，或者劳累后，为什么必须躺着休息？为什么平卧是最好的休息方式？

二、昨天约定给凡琪奥的儿子上往常那样的阅读课，后来由于急着到海边看拖网捕鱼，就没有去教他。更糟糕的是，要是去不成，就应该事先告诉他，可后来也没有向他道歉。今天要给他上两节课，把缺了的课时想法子补上。

三、背诵亚历山大·曼佐尼①的诗作《玛柯罗迪奥》中的整段颂诗。

1月19日

一、昨天吃晚饭时，感到肚子饿极了，就狼吞虎咽吃起来。因为吃得太快，吃第二道菜②和面包时，没有细嚼慢咽，饭后难受得要命。舅爷训斥我说："恩利科，依我看，你快要饿死了。"夜里我做了很多梦，患了消化不良症，以后要慢慢吃东西才对。

二、跟我认识并且谈话最多的三个人，我要用礼貌、热情的态度与他们说话。

三、背诵史诗《埃涅阿斯纪》③第一章的前四页。

---

①亚历山大·曼佐尼（1785—1873），意大利诗人，小说家。19世纪意大利浪漫主义文学的代表人物。写有历史小说《约婚夫妇》、抒情诗《五月五日》、悲剧《阿达齐尔》等。

②第二道菜，西餐习惯的顺序是先喝汤，第二道菜才是主菜。

③《埃涅阿斯纪》，古罗马诗人维吉尔（公元前70年—公元前19年）的代表作，其诗作对欧洲文艺复兴和古典文学产生过巨大影响，还有《牧歌》十首和《农事诗》四卷等作品。

1月20日

一、为什么按时吃饭，节制饮食有益于健康，而没有规律地随便吃饭有损于健康呢？这些要问医生。

二、教凡琪奥的儿子识字，要尽量做到耐心，这个长处对我尤为重要。

三、好好写一篇关于拉斯佩齐亚港湾的作文，寄给爸爸。

1月21日

一、为什么急忙爬坡会呼吸困难，心跳加快？这个问题要弄清楚。

二、昨天我嘲笑吉吉诺。他得了腮腺炎，脸肿得像个娃娃脸。我拿他的痛苦取乐，这是对他的伤害。今天，我要向他赔礼道歉，请他忘记昨天我给他带来的烦恼。

三、请舅爷帮助我了解主要星座和宇宙最大行星的情况。

1月22日

一、昨天，我到拉斯佩齐亚去，用舅爷给我的一个里拉买了一些奶油点心。我一个人坐在小船上全吃完了，连一个也没有给同行的表兄弟们吃。

由于吃得太多，午餐一点儿食欲都没有了。望着比我小得多的两个表弟，我很不好意思，羞得满脸通红。平时别人管我叫小孩子时，我还非常生气呢。我相信自己是个小伙子，差不多是个大人了，然而，我昨天的表现跟一个小孩子没有什么不同，我保证以后再不做悔恨不已的事情了。

二、今天，我把我的一份水果分给兄弟们。

三、当月亮升起来或者落下去的时候，为什么比在我们的头顶上空时大？这要去请教舅爷。

1月23日

一、昨天划船时，我觉得我的左臂没有右臂有力气。今天我想多用左臂划，这样经过一段时间的练习，左右臂可以保持平衡。

二、两个月我都没有见到妈妈了，心里老是牵挂着。我想接下来的一个星期中至少每天给妈妈写一封信，尽可能地说出我对她全部的爱。

三、我们意大利获得的所有功绩，应归功于维多利奥·埃马努埃列①、玛志尼②和加沃尔③。今天，我要写一篇纪念他们的精美短文。

1月24日

一、海员凡琪奥比我大二十岁，他能看到行驶在大海遥远地平线上的最小船只，分辨出船帆、桅杆和前进的方向。我也想练习如何观察远处的东西，获得跟他一样的视力。

二、据说，圣·特伦佐镇有个人曾与别人吵架而用小刀刺伤

---

① 维多利奥·埃马努埃列（1820—1878），意大利统一后第一任国王。

② 玛志尼（1805—1872），意大利革命的启蒙者和先驱者。

③ 加沃尔（1810—1861），意大利自由贵族和君主立宪派领袖，是意大利王国的首位总理。

了对方，被判了五年徒刑。其实，这个人是个正人君子，以划船为业，老老实实地挣钱养家糊口。现在大家都躲着他走，对他怒目而视，冷眼相看，我为他痛心、难过。我想对舅爷说，以后我们要坐船就雇他的。

三、今天记住意大利所有主要城市的人口数量。

1月25日

一、不要对舅爷的话老是持反对态度。他叫我穿绒衬衣，可我感到穿绒衬衣显得非常纤弱瘦小。有一天，我穿了一件后觉得浑身发痒，焦躁不安，索性就脱掉了。今天，我想无论如何也要穿上这件绒衬衣，免得好心的舅爷不高兴，因为他让我相信，穿上这种衣服是大有好处的。

二、昨天，舅爷讲了一个狡猾的人通过偷窃而变成富人的故事。他说了一句格言："一个愚蠢的正人君子要比一个狡猾的坏人好上千百倍。"今天，我对这句格言沉思良久。

三、戴上手表去观看圣·特伦佐海岸上涨潮落潮的情景。

1月26日

一、现在，我已养成了这样的习惯：没有任何人的强迫，我能自觉地七点起床。从今往后，我想再提前半小时，也就是六点半起床。

二、经过多次观察，我想思考这样一个问题，为什么有人乐于嘲笑因过于善良而被别人开心取乐的人？难道这不是世人地地道道的恶毒言行吗？

三、为什么美洲的土著人通常叫印第安人？为什么安的列斯群岛①称为西印度群岛？我将回答这两个问题。

1 月 27 日

一、为什么我们蓄水池里的水比广场上喷泉的水更好喝、更有利于胃的消化？我想请教医生。

二、我们每天宰杀很多动物，其肉供我们人类在餐桌上食用。可当看到这些动物受到虐杀时，我们往往不忍心看下去，转身就走。今天，我想自己回答这个问题。

三、为什么双瓣花不结籽？在书上查找资料和阅读植物学家的著作来回答这个问题。

1 月 28 日

一、我想每天晚上练习用左手来写字，试图开心地玩一下。昨天，我在罗西家看到一位男士右手长了一个瘭疽②，听说有一个月不能写字了。我可不想给别人留下这位男士那样的形象！

二、昨天，医生的儿子佩皮诺辱骂我，对我有失公平。他首先跑到他爸爸那里诉说对我的怨恨。他怀疑我是他不良行为的告密者，我真是有苦难言，只是压抑着怒火，一句话也没有说，悻悻而去。今天，我要很有尊严地去找佩皮诺，就其做法跟他讲讲理，让他给我一个满意的回答。

---

①安的列斯群岛，位于拉丁美洲，是南北美两大陆之间的印度群岛的一部分，由大安的列斯群岛和小安的列斯群岛组成。

②瘭疽，手指头或脚指头发炎化脓的病，症状是局部红肿，剧烈疼痛，发烧。

三、背诵亚历山大·曼佐尼的抒情诗《五月五日》。

1 月 29 日

一、我的表兄弟吉吉诺有没有枕头都照样睡得香。依我看，为了睡个好觉，枕头是必不可少的。没有枕头睡觉是个啥滋味，我也想试试看。

二、我听说，一个正直的人也照样会犯七次错误①。在接下来的三天里，我要每天晚上反省自己认为的错误或失礼行为，看看自己是比正直的人更好还是更坏。

三、请舅爷带我去参观拉斯佩齐亚的军舰修造厂。

1 月 30 日

一、请舅爷允许我跟"帕兰托"号渔船上的水手们生活一段时间，以便习惯他们的作息制度。我相信，我们捕捞到的鱼烹调后，将是地地道道的美味佳肴。

二、最近几天，有一只法国快艇停泊在我们船旁边。船长每天晚上喝醉了酒，经常说意大利和意大利人的坏话。我听到后气得热血直往头上涌。可我没有勇气驳斥他的无理指责。今天，要是他再无理取闹，我就跟他针锋相对地斗一斗。说真的，我还是个孩子，可我是个意大利人，我不应该，也不能容忍他辱骂我的祖国和人民。

三、记住海风的名称，学会辨别其方向。

---

①七次错误，这里指的是根据基督教戒律，罚入地狱的七大重罪：激怒、懒惰、傲慢、淫欲、吝啬、贪食和嫉妒。

1月31日

今天是一月的最后一天，反省一下这个月自己的所作所为，自问自答。

一、为了强健自己的身体，你做了什么？

二、为了完美你的精神世界，你做了什么？

三、为了增长你的才干，你学到了哪些知识？

第五章

一条狗咬伤三个小孩·英国人从没哭过

受舅爷的委托，恩利科出门去办事。可仅仅过了几分钟，恩利科就气喘吁吁地跑回来，在院子里大声呼喊："舅爷，舅爷，不好啦，快出来，到外面来，发生了不幸的事情。"

恩利科的说话声，断断续续，但语气很坚定，听着让人揪心。

舅爷戴上帽子，快步下了楼，在恩利科的陪伴下，匆忙赶往街心广场。

几个头发凌乱的女人和白发苍苍的老翁从窗口伸出脑袋，好奇地相互询问："怎么回事？出了什么事儿？"

"据说，有条当地疯狗……"

一位男子沿着大街向街心广场马不停蹄地跑去，同时回答从窗口不断向他提问的那些人。

"有三个孩子被狗咬伤了。"

"这里没有狗，是从萨尔扎纳①来的狗咬的。"

"不，是从列里奇来的。"

---

① 萨尔扎纳，意大利利古里亚区一城市。

"上帝保佑，我的孩子到海边去了，没什么事。"

"啊呀，吓我一跳！圣母玛利亚，请助我一臂之力吧！要是我的孩子们平安无事，我将向圣·波罗斯帕罗①点上蜡烛顶礼膜拜。"

人们的问话声，回答声，惊讶和感叹声交织在一起，乱哄哄的人群你推我拥，一派焦急不安、好奇、恐惧和怜悯混杂的乱糟糟的景象。巴琪恰舅爷和恩利科没说一句话，急忙跑着来到街心广场。

喷水池周围黑压压地挤满了人。男女老幼都很悲伤，围成一个圆圈儿，向前伸出脑袋看着受害者的伤情，那种情景就如同一只蚂蚁被过路行人踩伤，别的蚂蚁围着不愿离去似的。出于尊重，人们自动地为巴琪恰舅爷和恩利科让开一条路，好让他们看清那痛心的场面。于是巴琪恰舅爷和恩利科来到大家面前，很多声音汇成一句话："是特奥托拉的三个孩子被一条疯狗咬伤了。"

大家都好奇、焦虑不安地望着三个不幸的孩子，可没任何人敢靠近他们。这是穷人家的孩子，也就是渔夫或水手的孩子。老大有十岁左右，身体瘦弱，尽管已到了寒冷的十一月，可他还光着脚，穿着呢绒短裤和粗糙不堪的布衫。两个女孩穿得比较多，而且干净，大女孩六岁左右，小女孩有四岁左右。他们三个露出恐惧的神色，不停地号啕大哭，他们的脸、腿和手臂都被狗咬破了，还汩汩地流着血。

巴琪恰舅爷的出现为茫然不知所措的人群带来了光明，指出了方向，也为结束这种人声嘈杂、谣言四起的乱哄哄的场面带来了希望。

---

① 圣·波罗斯帕罗，当地的守护神。

我们经常会看到这样一种现象：一个人跟一千个人对话。在这种情况下，往往这一个人胜过一千个人。这一千人要么一个人，要么几个人按顺序轮流回答对方的问题，也就是他们是代表那一千人的集体说话的。

"这些孩子是什么时间被咬的？"舅爷问。

"二十分钟前，最多是半个小时前。"有人回答说。

"你们叫医生了吗？要马上用烙铁消毒伤口……"

"医生到皮特里去了……"

"不过，不能再耽搁时间了，要不，我给他们用烙铁消毒一下伤口。你们要告诉我一件事：是什么样的狗咬伤了这些可怜的孩子？要知道，并不是所有的狗都患了狂犬病的……要是人们都知道这是一条什么样的狗就好办了……"

由于这里人声嘈杂，听不清大伙儿在说些什么，巴琪恰舅爷撇开那些长舌妇和其他一些人，跟身旁的肉店老板对起话来："喂，您是位严肃认真的人。告诉我，有人看见那条狗了吗？"

"他们就是在这里被咬伤的。"肉店老板回答，并深感自豪，因为老船长荣幸地选择他来回答问题，还说了赞扬他的话，"事情正是在此发生的：当时我正站在店门口抽烟，特奥托拉的孩子们正在用喷水池里的水往他们的小水桶里装水玩，我看见一条灰色牧羊犬低着头，跑进街心广场，孩子们用石头向它投去。牧羊犬突然停下来，连叫都不叫一声，径直扑向他们。它朝老大的脸上咬了一口，接着又把两个小女孩扑倒在地，分别咬了她们的大腿和手臂。这一切都是刹那间发生的。我急中生智，拿起一把平时用来砸骨头的大铁锤向它冲去，但是那狗飞也似的向波佐利大街奔跑，我怎么追也追不上它。谁也不知道这条狗是从哪里来的，圣·特伦佐也从没见过它。"

"好啦！好啦！"巴琪恰舅爷打断对方的话，迫不及待地说："别浪费时间了，很可能真的是条疯狗。我们赶快把孩子们送到药店去，准备好烙铁消毒伤口……"

怀着敬佩的心情，人群静悄悄地让开一条道，老船长双手爱抚地拉着男孩的手臂，恩利科照管着大一点的女孩，而受害者的一位上了年纪的亲戚把最小的女孩放在自己的脖子上驮着走。孩子的爸爸下海捕鱼了，妈妈特奥托拉夫人到萨尔扎纳卖昨天捕的鱼去了。这些孩子还算幸运，出了事得到了大家的照料。

巴琪恰舅爷忧心如焚，跑前跑后地照应着，还不停地自言自语道："快，首先要快，特奥托拉夫人从萨尔扎纳回来之前，我们要想尽一切办法救治他们。"

巴琪恰舅爷、恩利科和那位年老的亲戚，带着孩子们进了药店，药店大门随后也关了起来，以防一群看热闹的人进入店内。巴琪恰舅爷和药剂师开始烧烙铁。这时，突然听到一阵大喊大叫声，而且声音越来越大，那真是撕心裂肺般的绝望呼叫，药店的玻璃大门也被敲得震天响。

"快开门，开门……我是特奥托拉太太，哎呀，我的小宝贝哟！我那可怜的小宝贝哟！"门开了，很多具有同情心的人和爱看热闹的人一起同孩子的母亲拥了进来。

特奥托拉太太"扑通"一声跪到地上拥抱着孩子们，脱掉他们的衣服，查看他们的伤口，亲吻着被狗抓伤的痕迹，然后她放开孩子，双手合掌对天祈祷说："上帝啊，玛利亚啊！所有的神明啊，保佑我们吧！"悲伤的场面令人感动。有人感动得痛哭流涕，有人竭力安慰孩子的母亲。

"特奥托拉太太，别太伤心绝望了，可别这样……那不是一条疯狗，只是一条没有驯好的狗。你的孩子用石头砸它……"

恩利科正在疗养期，身体还很虚弱，看到这种场面，触景生情，实在控制不住自己，不由得大哭起来。

巴琪恰舅爷也为恩利科操碎了心，请他马上离开这里回家去。

"不，舅爷，我想待在这里，帮他们一把。"说完，恩利科又哭了起来。

"我亲爱的恩利科，别这样。你继续待在这里帮不了任何忙，你的哭声会让孩子的妈妈害怕的。"

所幸这个时候医生从皮特里回来了。这位正式医生挤过人群进入药店。

对于医生的到达，巴琪恰舅爷格外高兴，他可以带恩利科回家去了。临走前，他把三个被咬伤的孩子交给医生并嘱咐说："拜托您了……我的外孙子患有痉挛症，我先走一步。我相信，您会比我更好地来尽义务的。烙铁已烧好，您用吧。"

巴琪恰舅爷说完，就带着恩利科离开了药店。

恩利科一直抽抽搭搭地哭个不停，舅爷不跟他说一句话，索性让他哭下去。

想不到有一家人上演了完全不同的一幕活报剧。

跟匆忙赶路的老船长一样，一位在佩尔图索拉镇当火车司机的英国人也带着他的两个孩子往家走。这两个孩子一个是男孩一个是女孩，他俩也像恩利科那样哭个不停。

跟老船长截然不同，英国人只是狠狠责备男孩说："维廉，别哭了，别哭了，别哭了行不行？英国人不应该哭，英国人是从来不哭的！"

小小的维廉真的不哭了，而是深深地吸了一口气，再也没有眼泪了。

两个小时后，恩利科变得心平气和了。他要求舅爷解答自己一直困惑着的问题："舅爷，请您告诉我，那个讨厌的英国人为什么偏偏责备看到伤心的特奥托拉太太就激动得也跟着哭起来的维廉呢？难道他想让自己的孩子变成没有同情心的孩子吗？"

"啊，我的恩利科呀，我本想有一天跟你讨论一下那个英国人责备他孩子的这个问题。想不到你现在提出来了，这样你给我提供了一个表达自己看法的机会，我要向你表示谢意哟！依我看，英国人并不是没有像我们意大利人那样的同情心，他是在教育自己的孩子啊！特别是教育男孩不要哭啊！你可以忍受痛苦，也可以主动地分担别人的苦难，但千万别流眼泪。在英国人看来，泪水是软弱的表现，不会给男人带来荣誉的。你看得很清楚，那位火车司机只责备了男孩，并没有责备女孩。女人并非一定要有勇敢和英雄的品质不可，而勇敢和英雄应该是男人这种强大性别的高贵象征。

"哭肯定是懦弱无能的表现。小孩、女人、老人经常哭，而坚强的男人和年轻人则有泪不轻弹。常哭的人会失去理智，我们很难向那些爱哭的人提供他们所需要的帮助和忠告。

"要是英国人不教育他们的孩子与他人共呼吸、共患难的话，这就意味着他在传授利己主义。然而，他只是说：'你们别哭，泪水是怯弱的表现，英国人不应该哭！'不管怎么说，这是文明社会关于勇敢教育的一堂生动的课，是培养和锻炼坚强意志的一堂课，也是民族尊严教育的一堂课！

"当那个火车司机告诉他的孩子'英国人不应该哭，英国人是从来不哭的'时，实际上，他是在自豪地表示，自己的民族属于一个文明的民族，一个勇敢的民族，一个对自己的行为勇于负责的民族；他是在要求儿子表现出自己无愧于一个伟大的民族。

"恩利科啊，我不是英国人，而是意大利人，我本应该表现得更为优秀一些，也许是年纪大了，我的精力已大不如那位火车司机了。当时，我让你哭下去，没有制止，然而，我感到特别欣慰的是，你已经从一个英国人的言行中接受了很好的教训。这个英国人属于一个伟大的人，而这个民族如今统治着世界。

"如果那位英国人在教育他的孩子自尊自爱后，再打发他把一些救济钱送到特奥托拉家里的话，那就等于一举两得，让孩子受到了双倍的教育。头脑和爱心如同一对手挽手走路的情人，谁也离不开谁。哭是不应该的，必须去感悟和倾听他人的痛苦，然后再帮助他们，否则，对他们就是一种伤害。首先是爱心，然后是头脑，两者缺一不可！"

第六章

凉风习习，泛舟大海·侯爵的别墅

有一天，刮起了凉爽的西北风，巴琪恰舅爷带恩利科到海湾驾船畅游。

"小宝贝，你看，尽管我已七十多岁，但是像今天这样于微风吹拂中驾船，我还是可以胜任的。即便波涛会溅湿你的裤子，海浪会漫过船舷，你也别害怕。"

事实上，西北风越刮越大，老船长一手掌舵，一手拉住帆脚索，准备驾船逆风行驶。他快速地转换着舵和帆，突然改变了小船的方向。他洋洋得意，高兴的样子无法形容。

"恩利科，你看，我置身于碧绿的海面上，凉风拂面，犹如慈母的双手，温柔地抚慰着我的头发。风儿从我耳旁呼啸而过，似乎又把我带回了青少年时代，我居然心血来潮，想为我所钟情的女孩高唱一曲！啊，要是所有的意大利人像我这样热爱我国两个大海①的话，那么我们这个民族就可能成为一个伟大的民族。你看，英国人的民族是世界上第一流的民族，因为他们敬重海洋。

---

① 两个大海，指亚德里亚海和利古里亚海。

英国人要是出身贫寒，他们就乘船去寻找幸福；如果出身富有，就乘游艇消遣，或者乘蒸汽豪华船跟全世界进行贸易往来。

"这浩瀚无边的深蓝色大海给了我无穷无尽的遐想，不管是从海边远眺、沉思，还是从船的甲板上凝视，都叫人心醉神迷，我不是诗人，可我这时的心情真不知道该如何形容。啊，有了，我现在这样形容，我眼前看到的如此美丽、激滟闪烁的海水跟我二十岁时看到的完全一样。告诉你吧，作为一位老人，我感到现在见到的海洋比年轻时见到的更美！我总是百看不厌，每次看都有不同的感受，都发现新的美！

"有时，一小时又一小时地凝视着这一望无际、湛蓝湛蓝的大海，引起了我对许多往事的思考。这些事情，可以是伤感的、伟大的，也可以是截然不同的，但都是善事，跟高尚情操有关的事。要是你认为有的人心胸太狭窄，太自私怯懦，太忘恩负义，就因此特别生这些人的气的话，你只要看到如此温柔宁静，如此广大深远的大海，人世间的苦恼就变得微不足道，你就会一笑了之，郁结在心头的怨恨、辛酸和烦恼就会一扫而光，而变得大度宽容。面对无止境的种种诱惑，假如你抱怨生活太清贫，只要看上大海一眼，你的怨气就会随同目力所及之处的远方太阳下面的蒙蒙雾霭消失得无影无踪；要是命运对你不公，引得你怒火中烧，一堵堵高的围墙，一根根高大的柱子，一排排荆棘丛生的篱笆，一排排隔离带，就好像绊脚石，让你远离升迁，远离对财产的继承权，远离一切……你要冲过去，结果四处碰壁、满腹苦楚无处倾诉，这个时候你只要看上大海一眼，你的心胸就会骤然开阔，自然，你的怒火转眼之间就会全消。海洋世界里没有关税，没有消费税，没有分界线。啊，由于上帝的保佑你可以在这里自由呼吸，大海是所有人的大海，是所有胆敢向它挑战的人，是所有以锲而不舍的精神奋力横渡它的人的大海！

"恩利科，看啊，海水像天色一样蔚蓝、明净，比大地更肥沃。水是生命之源啊！我们的未来寄托于海洋。大自然把意大利安放在东方和西方之间，意大利比英国更幸运，我们是一个集陆地与岛屿于一身的国家。意大利的头部直插欧洲心脏，只要短短几天，我们就可以把印度和中国的货物运到德国的中部。意大利的地形狭长，我们的脚几乎可以碰到非洲，无须费多大的劲儿便可以伸到亚洲的海岸。

"喏，这就是地中海①。地中海是多处文明的摇篮，当年马可·波罗到中国去，就是从地中海出发的。地中海是所有欧洲文明的市场、广场和裁判。难道地中海的大部分不属于意大利吗？难道意大利不是第一个有义务保护地中海免遭别人觊觎进入而占为己有的国家吗？

"恩利科，我不知道你将来打算干什么。但是，当你选择职业时，你要铭记在心：不管你生活在海上还是生活在陆地上，你必须用嘴或笔告诉人们，地中海是意大利人的地中海。大自然赋予我们为这个最壮丽的海中之海站岗放哨的重任，我们的商船必须恢复昔日辉煌的位置，这个位置是由于我们的懒惰也许是由于我们的胆小怕事失去的。很久以来，我们宁愿观看别国之间的竞争：到底是帆船比蒸汽船快，还是蒸汽船比帆船快，自己却没有行动。

"我之所以向你说起我们的商船，是因为我跟着一艘商船一起生活了半个多世纪，还因为我国的人民已经把它忘得差不多了，

---

① 地中海，是欧、亚、非三洲之间的"陆间海"，面积250.5万平方公里，东西长4000公里，南北宽1800公里，被半岛和岛屿分割成利古里亚海、第勒尼安海、亚德里亚海、伊奥尼亚海、爱琴海等。

我是提醒大家记着我们，我更为我们的海军而自豪。我曾目睹我们的战舰如'都依里奥号''但多罗号''列潘托号''意大利号'和其他装甲船列队游弋在我们美丽的海湾。当时我真希望一场战争迫在眉睫，向世人昭示谁也别想欺负意大利，否则将受到我们的严惩。"

西北风轻幽而凉爽，巴琪恰舅爷陶醉其中，乐此不疲，情不自禁地为自己心爱的海洋哼起赞美的颂歌。这时风忽然平息下来，船到了圣·维托港，并停泊在那里。岸上的房子别具一格，老船长指着散布在山坡上的城堡、别墅和村庄，对恩利科说："恩利科，有一座漂亮的别墅，掩映在那座城堡下面的一片栗子树林中，你看到了吗？"

"是的，我看到了……"恩利科回答。

"那就好，那座别墅本身就是一堂生动的人生艺术课。别墅属于一家名门望族——一位侯爵祖先的家产。大概还没有多少年前吧，侯爵家有数百万的资财，可现在只剩下这座别墅了。如今的侯爵继承人整年住在这座别墅里。别墅周围有一些土地，侯爵就靠这些土地微薄的收入艰难度日。

"两年前的一天，我因为有事曾拜访过这位侯爵。在别墅里，过去和现在的残酷对比真让我难受。他的穿着打扮跟一个农场总管或一个自给自足的农民几乎没什么区别。在他接待我的客厅里，破落和豪华并存。在用油灰涂抹的墙壁上，镶嵌着古朴典雅的威尼斯式的大镜子，地上铺着一块老掉牙的地毯，破旧得连经纱线头也露了出来。在摆放着大理石雕像的壁龛里面，有一张东倒西歪的小桌子，上面放着一只已经破损的'马约里卡'①彩陶杯，里

---

①马约里卡，16世纪意大利产的锡釉装饰用陶器，西班牙的马略卡岛为其原产地。

面还有喝剩的残存咖啡和牛奶。

"从窗口朝外看,情景的反差显而易见,糟糕得令人痛心。院落四周是巨大的回廊,大理石的圆柱巍然屹立。公鸡、母鸡、火鸡、鹅和其他幼小家禽在院子里打瞌睡、抱窝、'啾啾、咯咯、吱吱'地直叫个不停,回廊下到处是它们一堆堆的粪便。一截大理石柱饰雕像横卧在院子里一个角落的泥浆中,成了一块猪食槽的基石;几头猪崽,有的在食槽里拱动着形如烂泥的南瓜,有的哼儿哼儿地啃咬着食物。大荨麻、酸模和其他杂草到处蔓延生长。院子里的铺路石板,有的已经搬到厨房里使用,有的居然已经搬到马厩和鸡窝里用了。"

"舅爷,这么巨额的家产为什么短短时间内就消耗殆尽了呢?"恩利科不解地问。

舅爷回答说:"道理很简单。恕我直言,只是因为疏于管理和过于仁慈所致。仁慈绝不可过度。这家祖上的侯爵由于曲解了仁慈的含义,思考问题不受理智的支配而耗尽了家资,现在这位侯爵的父亲,也就是老侯爵是家道中落真正的罪魁祸首。老侯爵没有恶习,不赌博,从不说过头话、做过头事。他连做梦都没想到,自己居然会有一天遭遇破产。他是那样的善良,慷慨大方,前来向他敲门借钱和贷款的任何人,他从未说过一个'不'字。这些人中,真正需要帮助的却凤毛麟角,而无赖之徒、油嘴滑舌的人、空话连篇的人、爱虚荣而又愚蠢的人却是大多数。他们纷至沓来,软磨硬泡,乞求恩典。向第一类人也就是真正需要帮助的人施舍是行善,是基督徒和正人君子应尽的义务,而对第二类人施恩与行善是做了蠢事,是懦弱的表现。

"所幸老侯爵的管家是个诚实而有远见卓识的人。当那些兴风作浪的人前来向老侯爵要钱时,这位管家总是回答说家里没有钱。在这种情况下，老侯爵也惯常用'家里没有钱'这句话来搪塞过去，这样老侯爵就摆脱了危难的困境。当那些死皮赖脸的人要求老侯爵做担保签字时，那就坏事了。说什么借您的光签个字吧！劳您的大驾为票据签个名吧！等等，不一而足。老侯爵总是盲目地相信那些兴风作浪的人的口头保证，毫不犹豫立马签了字。

"老侯爵是位正人君子，他认为所有人都是跟他一样的好人。

"老侯爵的一个签名可以把那些不幸的人从突如其来的祸乱中，从不可避免的灾难中解救出来，可以为不幸的人开下'路路通'这样的赊欠户头，以拯救一个家庭提供必要的生存手段，他何乐而不为呢？

"老侯爵签呀签呀，一个劲儿地签，签一千里拉、一万里拉，最后竟签到十万里拉。想想啊，最后一次，他居然在一张盖有印花税戳的信纸右下角为洋洋五十万里拉签下了自己的大名。五十万里拉哟！这是为一位工业家签约的五十万赊欠款呀！这位工业家想从产自撒丁岛①的一种非常普通的球茎植物——阿福花的根茎中提取酒精。

"那位说客吹嘘：'这是一本万利的投资，每投资一股可获得百分之三十的纯利。'其实阿福花的根茎只能提炼出很少的劣质酒精，结果那位工业界人士宣告破产。老侯爵五十万里拉的投资和其他不太富裕和无知股东作为小额股份的血汗钱顷刻间打了水漂儿，而这些可怜的人本来是相信已签了名的老侯爵的，同时对股东所做的可获得百分之三十的纯利的冠冕堂皇的承诺也是深信不疑的，结果他们的希望全都落了空。

"恩利科啊，看看吧，做蠢事造成的恶果是多方面的。向那

---

①撒丁岛，意大利第二大岛。

些从没有建立过任何功业的人盲目捐款就等于毁掉了他们，这种做法绝不是好事，实际上是坏事。你的钱财开始流失，你为一个傻瓜投入资金还会连累其他投资人，让这些无辜者也深受其害，你的良好愿望和神圣的爱心制造了很多灾难，让很多人遭遇不幸。

"可怜的老侯爵呀，他一直是这样做的！有一天，老侯爵开出的一张一千里拉的票据无法兑现。他惊慌失措地唤来管家核实情况。一向严肃认真的管家这次却泪汪汪地向主人诉苦说，他已尽到自己的责任，曾经不厌其烦地警告老侯爵别再向陌生人担保，还劝他起码应该知道他签字的那些人的个人可信度。管家说：'我已多次拒绝那些陌生人借钱的要求。我虽然掌握着钱柜的钥匙，但您有墨水有笔，您可以随便大笔一挥，签上自己的大名，我不能无故扣押您任何一个签名。'

"在以资抵债，大祸临头的关键时刻，老侯爵说服了一位律师，把别墅变更为妻子的财产，才躲过了债权人的讨债，将别墅保留下来。不瞒你说，这种做法并非万全之策，而是有纰漏的，所幸老侯爵并不明白自己的所作所为还涉及道德价值观的问题。老侯爵是以货真价实正人君子的面貌远近闻名的，说真格的，他应该把别墅也给债权人。

"老侯爵被这场突如其来的灾难弄得焦头烂额，伤心绝望。过了不久终因过度哀伤而一病不起，很快离开了人世，把'伟大'的爵位和一份可怜巴巴的家产——这座别墅留给了已经长大成人的唯一儿子。这个儿子没有职业，无法恢复祖宗昔日的辉煌，也丝毫改变不了眼下贫穷的社会地位。他只能在别墅里无所事事地混日子，站在镀金的穿衣镜前，陶醉在远祖万贯家财的遐想中，坐在窗前感叹自己的愚昧无知，软弱无能，只能过着毫无可能改变的贫困生活。

　　"啊，我的恩利科呀，你将与我在圣·特伦佐度过短短几个月。假如你能从我的回忆中学到一点儿东西，你就会满载而归，没有白白度过。

　　"恩利科啊，爱心是要的，但爱心要加上头脑！爱心永远有，但要理智地签字！"

第七章
小女孩劳丽娜想吹灭太阳

恩利科到圣·特伦佐已三个月了，身体恢复得不错。医生跟爸爸妈妈每月一起来看他两三次。医生同意他作些作文练习。巴琪恰舅爷给他出了一些作文题，并对他说："恩利科，请你把写好的作文寄给你都灵的老师，让他先批改，然后再退还给你。这样，你就可以从老师的批改中学到一些东西。"

巴琪恰舅爷认为：注意观察人和事胜过读书，所以起初反对恩利科绞尽脑汁地写作文。舅爷心里想："既然恩利科每天都和我在一起，学着如何去观察周围发生的一切，并对让他惊奇和感动的所有事情作出判断，何必还写作文呢？他给爸爸、妈妈写信不同样也是作文吗？"

想归想，老船长最终还是点头同意恩利科写些作文练习，因为那位来看望恩利科的佛罗伦萨医生早已说过此类的话，再说，谦虚谨慎本来就是舅爷的一个美德嘛！

老船长自言自语说："那位佛罗伦萨的先生肯定比我知识渊博得多！有一天恩利科也许能成为律师或者作家，手握一支笔大

写特写不是一件大好事吗？好啦，再过几天，我就给小外孙找个
作文题吧！"

舅爷家别墅后面有一块菜地和一座房子，里面住着一户农民。
这是一个人口众多的快活家庭，孩子们嬉闹玩耍，如同一窝小鸟
啾啾地叫个不停。男主人约莫三十五岁，体魄健壮，是土生土长
的圣·特伦佐农民，妻子年纪轻轻，皮肤白里透红，结婚后就是
一个一个地生孩子，除了唱歌，就是给孩子喂奶。大孩子十岁，
最小的女孩才两岁。这个小女孩是由老船长做教父给洗礼的，为
了纪念自己的母亲，老船长把母亲的名字"劳丽娜"给了这孩子。

巴琪恰舅爷经常打开菜园的后门，像到自己家一样地去农夫
家。他跟孩子们一起玩耍，带给他们一些水果、糖和玩具。假如
偶然看到某个孩子的脸很脏，手上满是泥浆，他就不给他们早已
准备好的礼品。不仅不给点心、桃子和无花果，还要狠狠教训他
们一顿，好让他们养成讲卫生爱干净的习惯。这种清洁教育，按
照孩子年龄的大小，有时舅爷去说，但通常是妈妈去说。

一天午后两点钟左右，老船长在恩利科的陪伴下，衣袋里塞
满了孩子们爱吃的东西，打开小门，没打任何招呼，来到农夫家。

农夫正在忙活着修剪柠檬的树枝，好做篱笆用。妻子像抱窝
的母鸡，被她的孩子四下包围着，坐在厨房前的葡萄藤下剥菜豆，
最小的女孩劳丽娜却不在场。

"劳丽娜在哪儿？"巴琪恰舅爷迫不及待地问。

"在摇篮里，已睡两个钟头了。"孩子的妈妈回答。

"啊，太好啦！如您同意的话，我将不声不响地进入她的屋子，
喏，这是我特意给她带来的一些玩具，想给她一个惊喜。我这就
把玩具放到她的摇篮里，她醒来后一眼就能见到。"

"老船长先生，您太客气了，对她太好了！劳丽娜可不是个省事的孩子，把我折腾得焦头烂额的……"

然而，老船长并不在乎这些恭维的话。他非常熟悉农夫的家，于是他径直沿着一个外用梯子向二楼走去，该楼梯从院子一直通到楼上的所有房间，同时他向恩利科打个手势，示意跟他一起上楼去。

巴琪恰舅爷屏声静息地爬着楼梯，周围的空气似乎凝结了。为了不出声，他像做贼似的踮起脚尖走路……

他走到卧室门前。门上插着粗制的被海水浸泡后生锈的铁门闩。

要知道，海水能侵蚀铁、石灰、砖和任何物质。他小心翼翼地慢慢使劲左右转动门闩，可生锈的门闩还是照样"吱吱嘎嘎"地响个不停。他担心吵醒小女孩，时不时停一会儿，接着又耐着性子旋转门闩。门闩终于拧开，房门也打开了，劳丽娜的摇篮呈现在面前。一缕阳光随着房门打开射进黑暗的卧室，照射在小女孩的摇篮上和她那红润润的小脸蛋上。小女孩醒了，睁开一双如同露珠一样亮晶晶、水灵灵的蓝色大眼睛。可由于强烈的光线太刺眼，它们马上又闭上了。

老船长一动也不动地站在那里，好像盼着小女孩重新进入梦乡似的。

小女孩霍地从小床上站起来，又马上坐下了，在金灿灿的光线中，用她那白嫩的小手，不断地揉着眼睛。

劳丽娜穿着一件没有袖口的白色小衬衣，小小的脑袋，窄窄的肩膀似春花一般从衣领中露了出来。睡醒的小女孩肤色细腻、光润，非常可爱、漂亮，宛如天仙，是宁静清晨霞光的象征。那种苏醒难道不是绚烂的朝霞吗？难道不是无数晨星中最亮的一颗吗？难道不是黎明前的第一缕生命曙光吗？

　　老船长被眼前的景象所深深吸引。他每天见过无数的棚屋和高楼大厦，但唯有对眼前农民的这间简陋的小小卧室情有独钟，他犹如一尊雕像，站在那里，纹丝不动地注视着小女孩。在他看来，这一幕太美了，只他一个人欣赏是自私的，也是可惜的。于是也叫恩利科进来共同分享快乐。房门一直是虚掩着的，恩利科推门进屋，此时的阳光如此灿烂、透明，照射着房间，让人目眩，动人心魄。

　　劳丽娜还没完全醒过来，一直用手揉眼睛。阳光发出夺目的光亮，小女孩用尽全身的力气深深吸气，又使劲吹气，那种样子就像要吹灭太阳一样。

　　每天晚上，劳丽娜以吹灭妈妈床头的动物脂蜡烛为乐趣。她总是多次重复这种天真的游戏。现在她突然在昏暗的屋子里被强光照醒，于是鼓起红扑扑的腮帮子，想吹灭照亮天空的另一只永远也吹不灭的蜡烛——太阳……她把太阳当成了蜡烛！

　　老船长深受感动，指着摇篮对恩利科说："恩利科，假如我是一个画家，不，最好是位诗人，此时此刻，我真想用画笔或钢笔，画出或写出人的本性中最富有魅力的东西：纯洁得像个孩子，伟大得像太阳……对啦，你的第一篇作文题目应该是'一个想吹灭太阳的小女孩'！"

　　当天和以后的几天里，巴琪恰舅爷老是谈论小女孩的事情。

　　舅爷笑着对恩利科说："想吹灭太阳的小女孩，将会促使你成为诗人的，还可以引起你更多更多的思考，简直胜过读很多很多哲学书，这比你在剧院看那些血腥的场面更能让你感动。

　　"恩利科啊，依我看，完全没有必要虚构凶杀案和杜撰折磨人的幻影来感染我们。大自然每天都以其简朴而又伟大的方式向我们展示具有崇高意境、无与伦比的画卷。

"一个摇篮、一个小女孩和一缕阳光——这就是事情的全部。这三样宝贝无处不见，渗透到我们的内心世界和灵魂深处，陶冶我们的情操，引起我们思考……这就是大自然，这就是理想!

"还有呢! 还有呢! 在这幅画卷上，我不仅发现了一首自然流畅、健康向上、名副其实的诗篇，还发现了伟大的哲学。小女孩想吹灭太阳这件事是一种典型的象征，人类大家庭中的有些人为阻挠社会进步、正义和真理的传播，把光明变成黑暗所做的一切都是徒劳。

"这是为什么呢? 因为跟那些想吹灭太阳的所有小孩子一样，这些人极其愚昧无知，不知道把可怜的蜡烛与我们太阳系的恒星——太阳区分开来。

"那些深深地吸气鼓起腮帮子想吹灭太阳的人，就是爱慕虚荣、高傲自大的人，实际上，他们干了天大的蠢事! 他们吹呀吹呀，吹出来的只不过是跟阳光玩耍和开玩笑的丝丝微风。太阳绽放着笑容，对人们的恬不知耻和愚陋之见从不生气，依然笑着用它金灿灿的光芒照亮着我们的心田。太阳永远不会冷下来，总是不知疲倦地把光明和灿烂恩赐给我们，而那些忘恩负义、自高自大的家伙把其世世代代从太阳那里得到的恩惠窃为己有，记在自己的功劳簿上。这些人盗窃了少量的黄金粉末，就自认为变成了富翁，要知道，太阳给了我们无限的财富、生命、光和热……

"恩利科，我的恩利科啊，这就算你第一篇作文的题目吧! 你写出后，先寄给都灵的老师。"

第八章

玻璃瓶子·巴琪恰舅爷的镇纸和手杖·埃特鲁斯克骨灰
盒①及里面的圣物

一天早晨，恩利科发现舅爷不在庭院里。往常舅爷总在天亮
时就到院子里散步。恩利科从女仆那里知道，舅爷因感冒卧床休
息呢。舅爷自有他由来已久的一系列信条：比如，要是你不注意
的话，一个人就可能疲劳过度而损害了健康，即使有些不舒服，
你也可以满不在乎，照样笑哈哈、乐呵呵的，但是你必须格外谨
慎小心，哪怕是偶染比感冒还要轻的微恙，也要适当地治疗。

恩利科来到床前看望舅爷。事实上，自从来到圣·特伦佐到
现在，他还从未在床上见过舅爷，想到这里，他表露出忧虑和吃
惊的神情。恩利科望望四周，好找个跟舅爷说话的理由。他看到
舅爷的床头桌上摆着一个绿色玻璃瓶子，上面还有用金刚石刻印
出来的一些字。他正要去辨认如何读的时候，舅爷却笑着说："恩
利科，读吧，读一下，看什么意思——健康长寿，6 月 24 日，最

①埃特鲁斯克骨灰盒，埃特鲁斯克位于意大利托斯卡纳地区的阿尔诺河与台伯河
之间，为曾经繁荣一时的富强古国，骨灰盒是巴琪恰舅爷的纪念品。

下面开头的两个字母大写为 G.B。

"恩利科，你现在可能知道是什么意思了：6 月 24 日是我的命名日①，两个大写字母 G.B 是我的一位老朋友姓名的缩写，他家住皮埃蒙特行政大区的斯特列维市，这个瓶子是他多年前送给我的生日礼物。他早已过世，而瓶子如今成了最宝贵的纪念品，我总是自己清洗瓶子，每天晚上装上水，从不麻烦别人，因为我担心他们把瓶子给打碎了，当拿起瓶子喝水时，我都会想起我跟老朋友布拉吉奥建立起来的长期友谊。他的整个一生雄辩地证明他政绩昭彰，人品高尚。

"我的这位朋友和蔼可亲得像父亲。他曾多年任他家乡斯特列维市的市长。任职期间，他创办学校，为国家的统一努力工作，千方百计地改进斯特列维的葡萄酒和醋酸产业。他在晚年双目失明，但没有伤心绝望过，在朋友们的眼里，他好像比先前更快乐、更幽默了。然而，我比谁都清楚，他的那种快乐是假装出来的，为的是免得自己的不幸遭遇给妻子和女儿带来悲伤。

"凡是每年 6 月 24 日的圣・乔万尼节②，这一天也是我的生日，我总是收到他的一件礼物——葡萄。他总是把在蒙菲拉托③葡萄园里收获的最名贵的葡萄装进一个大篮子里寄给我。要知道，那一串串金黄色的香甜可口的葡萄是为他在圣・特伦佐的老朋友巴琪恰精心准备的呀！

"恩利科，你看，他送给我的瓶子就放在床头的小桌子上。对我来说，瓶子是我甜蜜记忆里最珍贵的纪念品。每天早晨我睡醒后，第一眼就看见这个瓶子，这让我想起我的布拉吉奥，向他

---

① 命名日，欧美人习惯以圣徒的名字取名，该圣徒的诞辰即为此人的命名日。

② 圣・乔万尼节，类似中国的夏至，是意大利收获葡萄的季节。

③ 蒙菲拉托，意大利著名的葡萄产地。

道个早安什么的。唉，真是不幸，自从他两年前去世的那天起，他再也听不到我的问候了！

"像我这把年纪的人，往往热衷回忆过去，我年轻时，就觉得有必要搜集一些自己喜爱的纪念品。随着岁月的流逝，我家简直成了纪念品博物馆，每样家具、每幅画和每件器物，都承载着美好或忧伤的记忆。尽管是同种东西，意义却完全不同，比如说从店铺里买来的东西，不管外表多么漂亮，用起来多么得心应手，但依我看，那都是毫无生气的东西。我可以把这些没有生命力的东西变成具有纪念意义、人人喜爱、活生生的美好东西。如有必要，我还有能力用毫无生气的东西换下活生生的东西！

"饮食，睡眠，穿衣，散步……总之，为了健康所完成的一切行动，对我来说，都是生命的面包；而回忆、恩爱、思考都是生命的葡萄酒，像我这样的老人，葡萄酒起码比面包更重要。我不是诗人，从没有写过一首十四行诗[①]，连庆祝婚礼的诗也从未写过。我总是千方百计地在有关人生的所有微不足道的事上撒下诗的种子。因为诗是启迪一切爱心和幻想的起点，一首诗看起来价值不大，但它为讴歌的一切包上了一层黄金，让这一切变得活跃、温暖起来。

"喂，恩利科，你先别离开这间屋子，我想给你讲讲我曾去过的世界五大洲的情形。

"在我的写字台上，放着五块石头镇纸，每块都代表着世界一个大洲。喏，这块方铅矿石产自撒丁岛，是人家在波尔图索拉送给我的，就算代表欧洲吧。这块晶球状的石髓[②]，是我在蒙得维

---

　①十四行诗，欧洲的一种抒情诗体，每首十四行，格律上分为好几种，也译作商籁体。

　②石髓，又叫玉髓，来自美洲。

的亚①附近的乌拉圭河岸上拣来的。

"闪闪发光的滑石产自亚洲，是我从喜马拉雅山脚下的一条河里捞出来的，这条河将英属锡金②和独立的锡金分开。那块光滑的斑岩来自非洲。那块含金的石英来自澳大利亚。这是来自世界五大洲的五种石头。周游世界的任何人都可以搜集这些石头。所有人都想建造一个纪念博物馆，但并不是所有的人都会鉴别、欣赏这些东西。采撷到的这些看似普通的石头却蕴含着人生的诗情画意。

"你看，墙角里还有来自世界各地的许多手杖。地区不同，手杖的样式也不同。我散步的时候，按顺序使用。它们一个一个像我的护身符，让我开启世界五大洲的大门。我使用它们，有时让我想起亚洲，有时让我想起非洲，有时让我想起波利尼西亚③。喂，你看那根竹子手杖，它是我在印度南部的尼尔吉利丘陵地带④采来的。那根刻有黄纹和漂亮的石榴红颜色的手杖来自亚马孙河⑤流域。那根粗大的手杖是我用生长在特内里费岛⑥山峰上的木本植物石楠削出来的……要是你真的想了解所有这些手杖的来龙去脉，我是永远也唠叨不完的，对吗？

"比如说，你看到的那根弯曲的葡萄藤手杖是我在马德拉群

---

① 蒙得维的亚，南美洲乌拉圭的首都。

② 英属锡金，1975 年已并入印度，成为印度一个邦。

③ 波利尼西亚，中太平洋的岛屿，意为"多岛群岛"，主要包括夏威夷群岛、萨摩亚群岛、汤加群岛和社会群岛。

④ 尼尔吉利丘陵地带，位于印度南部泰米尔纳德邦与喀拉拉邦的交界处，其名称源于梵文或泰米尔语，是"蓝色的山"的意思。

⑤ 亚马孙河，世界水量最大的河流之一，总长 6437 公里，世界第二长河，发源于秘鲁安第斯山、东流经亚马孙平原，在巴西的西马拉若岛附近注入大西洋。

⑥ 特内里费岛，位于北大西洋东部，是加那利群岛最大的岛屿。

岛[①]用一个先令买来的。一种有害的病菌——粉孢菌彻底摧毁了该岛的葡萄园，那里的居民为此陷入贫困之中，于是，这些可怜的居民便砍掉葡萄树，做成手杖，卖给到美洲和非洲旅游而路过丰沙尔[②]的游客。

"当时的情景至今还历历在目。一位可怜的老者要我买他的手杖。他腋窝下夹着一捆手杖，竭力向我的旅伴推销，可没有成功，因为游客对他的手杖并不感兴趣。从这位老人干瘦、蜡黄的脸上，可以看出他正忍受着饥饿的痛苦，患有慢性营养不良症，谁也不知道他有多少个月已没吃一顿饱饭了。

"我买了他一根手杖，付给他一个先令。'谢谢，谢谢先生。你给我的一个先令，足够我吃上一个星期了！'老人动情地说。

"老人是满怀着无限感激和深厚的感情说这番话的。尽管我当时手头没有多少钱，还是又给了他另外三个先令，并对他说：'我看你生活得非常节省，这不多的三个先令足够你吃一个月了。'

"这位可怜的老人是位正人君子。他想方设法地说服我，要我收下他的另外三根葡萄藤手杖，你可以想象得到，我是决不会要他那三根手杖的。

"在我人生的长途跋涉中，在我充满奇闻趣事的经历和对往事的甜蜜回忆中，铭刻于心的并不都是手杖和石头镇纸，就连我家的几乎每一件物品，庭园里的几乎每一棵植物都闪着金色的光，有着诗一般美好的记忆。恩利科啊，你来这里以前，我从未感到过孤独，我跟这里的纪念品和植物亲切交谈。对我来说，它们是栩栩如生的东西，它们没有嘴巴，没有舌头，悄无声息

---

① 马德拉群岛，位于大西洋中东部，1420 年被葡萄牙占领，后被改为葡萄牙的一个辖区。

② 丰沙尔，北大西洋中东部葡属马德拉群岛的首府。

地向我倾诉它们悠悠岁月的故事，这让我激动得不能自已，禁不住哭泣落泪。

"恩利科，你看，一位老人的话匣子打开后，再让他打住是很难的。现在讲到的这些内容，我明天将继续讲给你听，今天就到此为止，你现在去用早餐，我们晚些时候见。我的感冒还未完全治愈，今天要卧床休息，到中午才会起来。"

恩利科问舅爷："舅爷，要是您的身体还受得了的话，请满足一下我小小的好奇心，然后我就走了。您在大厅壁炉上放的埃特鲁斯克罐里面到底有什么东西？您老是把这罐子放在心上，悉心看管，每天在罐周围都放上鲜花和新鲜的树枝，这是怎么回事？您从来也没有跟我讲起过这件事，我也没有勇气主动问您。我看，您今天心情特别好，不妨把您家庭博物馆的秘密告诉我……"

"好的，我求知欲极强的小家伙，我现在就告诉你那罐里究竟藏些什么东西。"舅爷说着，从床上起来又坐下，用右手抚着前额，深深地长叹了一口气，然后娓娓道来，"我的小宝贝，那珍贵的罐子是最神圣的祭坛。罐子来自库尤西①，是当地一位好心肠的医生送给我的。正如你看到的那样，盖子上有一尊像是睡觉的女子平卧塑像。很多很多年前那名女子的骨灰想必就收藏在罐子里面，不过，现在罐里却放着我可怜母亲的一些骨灰及一些纪念物。你看，我老了，确实老了。我每次打开罐子都会哭。我很少打开盖子。万一打开时，我总是把书房的门锁起来，关得严严实实的，我决不会让别人向这些圣骨投以冷淡或讥讽的目光，否则，就是玷污了我母亲的好名声。恩利科啊，你的血管里也流着和我母亲同样的血。将来选个吉日良辰，我会让你看一眼罐子里

---

① 库尤西，意大利一城市。

的遗骨。

"将来你会看到罐子里的一绺长长的灰白头发,那是我母亲的,旁边还有一绺全白的头发,那是我父亲的。

"你将会看到罐里还放着一个厚纸板做的小盒子,上面写着:我洗礼时的第一颗乳牙。我拔牙时,没有哭,更没有疼得叫一声。

"喏,还有一把生锈的小刀,是我父亲做海员时用的。

"还有一绺很细很细,金黄色的头发,粘在丝线织成的花边上,我母亲在一旁写着:三岁洗礼时的头发。

"喏,那一块白色手帕是我母亲弥留之际,父亲为她擦额头上的汗水用的。这手帕从来没有洗过,父亲把它放在一个小箱子里,经常亲吻它,然后痛哭。父亲卧床不起的时候,感觉自己将不久于人世,便对我说:'巴琪恰,你去把那只手帕拿来,我死的时候,用它给我擦额头上的汗水!'

"我照父亲说的做了。父亲死后,我用手帕盖住了他的脸,当时我的手颤抖得厉害,脸颊贴在手帕上,觉得我是在和父母作最后告别!

"恩利科,恩利科,那珍贵的罐子里,还藏着另一样东西,喏,那是只还带着编针的灰色毛袜,是我母亲最后的手工杰作,它还没有编织完,母亲就不幸离开了人世。她当时已病入膏肓,躺在病床上,还苦苦挣扎着拼命为我织袜子。说什么巴琪恰脚冷。死神降临时,还想着她的孩子哟……

"恩利科,恩利科,你出去吧!要是你还在我身边的话,我会哭起来的。你现在衣食无忧,过得很快活。你正值青春年华,可能还不理解我说这些话的含义。你到院子里去吧,在林荫小路上溜达溜达,然后再去用早餐……"

第九章

在庭园里·怀念每种植物·拜访公证人·一枚金币的
历史·一位船长的情怀

　　过了两天，巴琪恰舅爷的身体已完全康复。他在庭园的幽静
小径上悠然自得地散步，不厌其烦地欣赏着每种花木，好像两年
没有见到它们似的。

　　恩利科陪着舅爷在庭园里东游西逛，舅爷对每种植物、每种
灌木表露出异乎寻常的关爱。几周以来，他对果木的一往情深有
增无减，简直到了痴迷的地步。

　　说真的，舅爷的庭园是一座非常独特的院子。严格地说，这
既不是庭园，也不是植物园。这里有花卉，有珍稀植物，可在富
贵竹和棕榈树的空间地带却生长着西红柿和卷心菜；葡萄树、柑
橘、柠檬和其他果木树错落有致，只是为了争得更多的空间和阳
光才相互摩擦，碰撞，竞相争艳。连老船长也说，花木太多了。
由于按时施肥，浇足了水，所有花木都茁壮成长。然而它们无法
垂直地向上长，枝条和藤蔓弯弯曲曲的，树干粗大粗大的，有缝
隙就钻，好争得一份空气，一束光线。可拔掉任何一棵植物又是

舅爷不允许的。家中的佃农指着密不透风的植物，鼓起勇气吞吞吐吐、怯声怯气地对主人说："树木总是要往高处长的，往横处长就长不好，应该砍掉一些。"巴琪恰舅爷听后暴跳如雷说："怎么样管好葡萄园和橄榄树，如它们的保留或砍伐，大主意你自己拿。可这里，植物园的事，我来管，懂吗？要知道，自然林比庭园里的人工林更美，难道要那些自然林都必须修剪或除掉吗？肯定不行。你看，高大的树木、灌木和藤本植物，密密层层，苍郁幽深，盘根错节，攀缘生长。你若走进去，就如同进入绿色的迷宫，让你寸步难行！然而它们照样开花结果和谐友好地相处，不像我们人类那样相互残杀。"

老船长的一席话并不都是合情合理的，因为植物之间也会发生冲突，粗壮和生命力顽强的植物会杀死其他弱小的植物，跟人类之间打仗一样，植物也会为了自身的生存而誓死搏斗。他不讲优胜劣汰的自然法则，无非是为自己庄园的植物辩解罢了。

不过，舅爷把自己的庭园与美洲和马来西亚的原始森林进行对比倒是完全有道理的。在他的庭园里行走是一件麻烦、费力的事情，喏，不是时而需要弯着腰走，就是被带刺的蔷薇或柠檬、梨树的枝条碰着。舅爷对院内的所有蜿蜒曲折的小路和通道了如指掌，什么时候低头，什么时候弓腿，他都心中有数，即便是这样，还依然被刺着，被碰着。农夫把一棵树种在密不透风，空间又非常狭窄的地方，它的一根低垂的枝条挡住了去路，令人生厌。舅爷从这里经过时，他的帽子经常被刮掉。遇到这种情况，他从来不生气，只是一笑了之。要是恩利科不跟他在一起，他会笑得更厉害呢！他边笑边招呼走在后面的恩利科说："好像植物也慈爱地抚摸我哪！你知道吗？它们也会爱和恨，会不胜感激对它们表示友好的人。它们对动物特别敏感，很善良，不咬人，不敢发臭脾气，从不向我们索取什么。

"恩利科，你看，每天早晨欣赏花木时，我马上就知道，有的需要浇浇水，有的需要锄一下松松土，好让空气进入根部，有的发生虫灾，请我去捉虫，有的请我剪除多余的枯枝……有人提倡留住那些对植物有益的食肉虫，除掉食草虫。在我的院子里，我不能容忍这种情况发生。我必须除掉吞食叶子和花卉的所有幼虫①和鞘翅目昆虫。即使喜欢群居生活，让人爱怜的蚂蚁也不能放过。花木是我最好的朋友，我必须除去危及它们生存的所有虫害。

"还有比虫子更危险的敌人，这就是凶猛、残忍、永不知疲倦的敌人——海风，特别是一种叫'普罗旺斯'②的强劲海风，它吹来的含盐细雾如同横扫而来的熊熊烈焰，把我这里的每样东西——树叶、花儿和嫩芽，吹得焦黄枯干。普罗旺斯海风的威力比我还大。受它的侵袭，冬青栎很难长高。凶猛的海风把我那可怜的橘子树吹得枯黄枯黄的，叶子纷纷落地，一年要换两三次叶。由于筑起一道厚厚密密的防护篱笆，任凭普罗旺斯海风如何怒吼咆哮，逞凶肆虐，都无济于事。有了这道篱笆，冬青栎、柑橘、蔷薇、栀子如同穿着盔甲的勇士，坚不可摧，笑傲海风，植物再也不像往常那样频繁掉叶落花了，看上去，简直就是绿的海洋，花的世界。

"我爱我的花木并不仅仅因它们是我栽种的，是在我的眼皮

---

①幼虫，昆虫的胚胎在卵内发育完成后，从卵内孵化出来的幼小生物体，如蛆是苍蝇幼虫，孑孓是蚊子的幼虫。它们专吃植物的叶子和各类菜蔬，对农作物危害极大。

②普罗旺斯，法国东南部的历史地理区和旧省名。公元前132年为罗马帝国在外高卢南部设置的一个行省，境内有一座海拔为1912米高的风山，与该书中的故事发生地——意大利利古里亚行政区接壤。

底下茁壮生长的，也不仅仅因为它们奉献给我芳香的花朵和美味可口的果实。恰恰是因为这些草木跟我的往事，跟震撼我心灵的那些回忆息息相关。正像我向你讲过的石头和手杖一样，它们也向我倾吐自己的往事。它们比石头和手杖更具有顽强的生命力，深有感情地向我娓娓道来流逝的时光。和我一样，它们知道感受幸福，享受欢乐，忍受痛苦。它们也跟我一样，有出世的一天，也有走向死亡的一天。

"恩利科，你想听这些花木的故事吗？好的，你就坐在这里的一把大理石椅子上，听我给你讲一讲。"

舅爷对恩利科说："我的植物园里没有常见的那种一串红，但有叶子带着两个彩色条纹同属这类植物的品种，它的叶子更小，香气也比普通的那种差一些，然而，我却很喜欢它。因为它勾起我人生道路上一个最悲伤时刻的记忆。为了不委屈我所喜爱的这种一串红，我绝不允许有其他品种的一串红在我的植物园里生长、存在。

"我妈妈去世时，不知道是不是遗嘱和未成年人继承遗产的缘故，我们全家都到了萨尔扎纳镇的公证人那里。我爸爸跟其他人一起坐在公证人那间阴暗、凄凉的客厅里。我当时年纪很小，他们到底说了些什么，我听懂的很少，甚至有些根本听不懂。我只记得，当我听到他们提到我母亲的名字时，我'哇'的一声哭了起来。

"公证人看我哭的那个样子，就打发我到院子里看花。于是我二话没说，就到了院子里。我绕着花坛看来看去，很快发现了有两色花瓣的漂亮一串红，这种草我在其他地方是从未见过的。从孩提时代起，我就有着欣赏一草一木的强烈愿望。我被一串红草深深吸引，开始喜欢上了它。回来时，我采了一根枝条带回家，插在水杯里。

"第二天，爸爸说，他也从未见过这种古怪的一串红。他教我怎么把这根枝条变成一棵活生生的植物。我把它移栽到装满湿土的盆子里，然后再用一个玻璃杯将它扣起来。枝条开始扎根生长，渐渐长大，后来又被从盆里移栽到庭园里，经过这么多年的风风雨雨，居然活了下来。我看到它，就想起萨尔扎纳镇那位公证人，想起他那阴暗得令人窒息的房间，那里摆满了排排污秽、单调的卷宗，想起死神即将来临，我被吓哭了的恐怖气氛，想起爸爸教我如何将一串红的枝杈变成一棵活生生的植物。我长成小伙子后，想起我死去的亲人……你知道，那一天在萨尔扎纳镇公证人办公室里的所有人都一一离开了人世，只剩下我和一串红还活着。爸爸去世了，公证人也去世了，我的所有兄弟也都去世了。一串红肯定比我活得更长，恩利科啊，除非你不忘记它，否则，它的故事谁也不知道。"

舅爷继续说："长着色彩花瓣的天竺葵也是我喜欢的一种花卉。你看，在远处，海枣树① 下面有一片葱翠茂密的灌木丛，那里就生长着这种花草。

"我已长成身强力壮的小伙子。作为见习水手，我被一艘运送小麦的'布里斯克号'商舶所雇佣，曾两次到过黑海。在等待第二次航行期间，我回到圣·特伦佐。在冬天的日子里，我和家人度过了一段美好的时光。

"当时，一位在热那亚某公立学校教物理课的老教师退休后，来到圣·特伦佐镇，用他那微薄的退休金安度晚年。那个时候，这里靠不多的花费便能过上绅士般的生活。他带来一些物理器械

---

① 海枣树，别称"椰枣树、波斯枣树"，伊拉克蜜枣就产自这种树。

和莱顿瓶^①，还有一台电动按摩器和其他设备。老教师经常以捣鼓一些电镀技术来取乐。他很喜欢孩子，我只要有机会，就到他那里去玩。他很有耐心，总是让我看他的机具，不厌其烦地给我做些解释。当他教我如何电击出火花时，他乐得像心里开了花，这样，我也学会了电镀的技能。我用一些旧的坩埚，一个容器，一块锌，成功地造出了一部了不起的仪器，经过反复实验，我终于又用它将稀有金属钱币复制到铜板上去，这样，老教师的房间简直就变成了我的一个独特的钱币研究所。

"我复制过西班牙双面币、热那亚双面币、罗马教皇金币以及我爸爸从亲朋好友那里借来的其他金币。我是怀着一颗虔诚的心来印制钱币的，并尽心竭力地保护好我的仪器。我把借来的钱币还给了原来的主人，看到用自己的双手复制到铜板上的、跟原币一模一样的图像，我太高兴啦！物理课老师还答应教我如何镀金的技能，这样，镀金后的钱币跟真金币完全一样。

"一位患风湿病而瘫痪又非常贫穷的老海员住在我家附近。他有一枚精美的威尼斯金币。这是他的珍宝，绝不能离身，我曾多次求他借给我用一下，可白费心思。他说，金币是他的护身符。他发誓即使饿死也不能出卖它。这个可怜的残疾人越是顽固地拒绝借给我，我就越执意要把它弄到手复制下来，因为全镇再没有第二枚类似这样的金币了。

"我父亲见我对这枚金币怀有极大的兴趣，做了种种努力，对方最终同意将金币借给我，但有个条件就是只借两天。

"我放在手上，看来看去，摸来摸去，爱不释手，高兴得心花怒放。为了尽早还给他，我想加快实验。我找来一个平时放药

---

① 莱顿瓶，因在荷兰的莱顿市发明而得名，又译蓄电器。

丸的小盒子，把金币放进去，再把铋和锡合金液灌注到上面以便复制出金币的图案来。

"合金冷却后，当我准备翻过金币复制另一面的图案时，小盒子里的金币却不见了！

"我简直不敢相信自己的眼睛！我把小盒子翻过来倒过去地折腾了几次，合金还在，可金币却再也找不到了！

"是不是金币熔化到合金里去了？那我只要再把合金熔解掉，金币便会恢复原状，于是。我用因激动而颤抖的手把合金投入一个小铁勺里熔炼。结果令我大吃一惊，合金变成了液态，上面仅仅漂浮着一点儿勉强可以看得到的黄色微粒。

"太不可思议了！太可怕了！太神奇了！我哭着跑到老教师那里去，他很快明白了事情的原委。金币是赝品，很可能就是跟我的那块合金一样的东西，只是镀上了一层金。高温熔化后，只剩下一点儿金屑，也就是漂浮在合金液态上的微粒！真是倒霉啊！

"我恳求老教师别告诉任何人，然后边哭边跑回自己的卧室。

"我怎么才会有另一枚金币呢？怎么向金币的主人——可怜的海员交代呢？他一直相信是真金币，而实际上是赝币。我如何告诉我那还不富裕的爸爸呢？他要做出巨大的牺牲来偿还不翼而飞的钱币！

"想了个把小时，我才有了主意。我打开抽屉，取出一个可怜的瓦罐。平常我把节省下来的小钱放进瓦罐，为的是有朝一日买一把小手枪或猎枪——这是我由来已久的梦想。

"我用颤抖的手击打瓦罐。由于手抖动得太厉害，我打了几次才将瓦罐打碎，房间里到处是碎瓦片、铜板和银币，我将所有的宝贝捡起来，数了一下，算起来一共有 32.57 个里拉，这些钱足够买一枚金币了。

"我跑得满脸通红，大汗淋漓，一口气跑到拉斯佩齐亚唯一的兑换商那里，急忙问老板有没有威尼斯金币。

"老板回答：'我没有。不过，你到波里奥大街左边的第二家金银店去打听一下。他们那里做古币的买卖，你能买到一枚金币。'

"我像离弦之箭一样，跑到那家店铺。

"'你们有威尼斯金币吗？'

"'没有。'

"'我准备付比它的价值更高的价钱，价格再贵也没关系。'

"'我到家里的二楼去找一找……先生，请坐！'

"老板上楼去了，留下妻子照看店铺。

"我无法坐下来安心小憩一会儿，只是焦躁不安地走来走去，心不在焉地注视着橱窗里面摆放的东西。当时，我大概是这个世界上心情最不平静的人了！我还时而用哆嗦的右手伸进衣袋里，去摸那 32.57 个里拉。

"店铺的尽头有一个生长花草的小院子。我从小就喜欢花草，为了分分心，我请老板娘让我到那里随便看看。

"'悉听尊便吧！您将看到美丽的天竺葵正在怒放呢！'

"事实上，院子里有一个种植天竺葵的花坛，里面的花就像今天你在棕榈树下看到的那种天竺葵一样。我眼睛直勾勾地凝视着花坛，脑子里有万千缭乱的思绪。总是想着一句话：'老板能记得一枚威尼斯金币吗？'

"在我的脑海中，天竺葵和金币是一个重叠的影子。在鲜花怒放、艳丽动人的花丛中，我看到的仿佛是大如光盘、辉煌夺目的一枚金币。

"在痴呆发愣中，我感到像被什么撞击了一下，突然醒悟过来，原来是老板的声音：'小伙子，跟我来，我找到两枚金币。你来

看一下怎么样。一枚是旧的，不知道是哪年哪月被锉刀划破了，另一枚是崭新的，漂亮极了。'

"我上前细心地看那两枚金币，第二枚确实跟被我熔化了的那枚完全一样。我激动得赶忙伸手抓起来，喜悦之情溢于言表。

"'对，就是它！多少钱？'

"'三十个里拉。'

"我知道老板是在钻我急切购买金币的空子，可我还是二话没说准备照付不误。

"正当我要付款时，倏地一个不祥的念头如闪电般跃入我的脑海：'要是这枚金币如同那枚是赝品怎么办？'

"我的想法到了嘴边又咽了回去，如同激情犯罪一样，就在这千钧一发之际，我硬是强忍下来，没有铸成大错。

"我美滋滋地把钱币放在柜台上旋转了好几次，听见它叮当一声倒下来。那声音听起来比罗西尼①和贝利尼②的歌曲还柔和甜美呢！

"老板说：'您放心吧，这可是货真价实的威尼斯金币，您可称心如意了吧！'

"我都没跟老板打声招呼，就飞快地跑回圣·特伦佐镇。当我把那枚金币还给不幸的老海员时，更确切地说，是把一枚真币还给他时，我看到他那本来满是眼屎的眼睛，忽地闪烁出喜悦的光芒，因为他的护身符又回到了身边；同时，我的焦急不安顿时烟消云散，三十多里拉的事忘得一干二净，总之，我忘记了一切……我为完成这次善举而感到无比幸福。

---

① 罗西尼（1792—1868），意大利著名歌剧作曲家。代表作有《塞维利亚的理发师》《灰姑娘》《奥赛罗》等。

② 贝利尼（1801—1835），意大利歌剧作曲家。

"这完全是一件善事。我没有把这件事告诉任何人，连我爸爸也不知道。现在这是我第一次告诉你，因为我相信知道这件事的来龙去脉后对你大有好处。我永远也忘不了金店老板院子里的那些五颜六色的天竺葵。我曾在它们周围独自徘徊，度过了那极端痛苦、心神不定的难熬时光，在色彩缤纷的花丛中，我似乎隐约地看到了一枚威尼斯金币……

"我回到圣·特伦佐镇后，在我的院子里种了一株跟生长在拉斯佩齐亚市金店老板后院里完全相同的天竺葵，每逢开花的季节，我都怀着浓厚的兴趣欣赏美丽的鲜花，仿佛又回到了年轻时代，感到无比的快乐……

"恩利科，你看，我植物园的每种植物都有说不尽道不完的故事，要是我全都告诉你的话，起码需要一个月的时间，况且，都是些稀有品种呢。我的院子不够宽敞，只能种稀有植物，但要知道，种好稀有植物要比种普通植物付出更多的辛劳。

"比如，你看我的那些柑橘，有二十多种吧。每种都不一样。有的果肉是黄色的，有的是白色的，也有的是红色的。我有棵酸橙树，它的果实有苦味，可叶子却芳香四溢，花儿也香气扑鼻；还有果子结得很大的巴勒莫和印度树种。你看，生长在第一块田地中央的，那种柑橘最讨我喜欢，那是我在巴西时，学识渊博、尊贵的外交官罗佩兹·纳托爵士送给我的。这种果实的葡萄牙文为'拉兰贾·德木皮科'，也就是脐橙的意思。它全是果肉，几乎没有籽，即使有，也是很小很小的，完全退化了。它的果肉全都浓缩到果皮的下半部，形成一个圆状的东西，酷似人的肚脐。在巴西，这种树每年结两次果，果实香甜味美，最好在没有完全成熟的时候品尝。显然，在我们这个地方种植结出的果子是很少的，味道也差多了。但是这种稀有的果木却让我产生了浓重的巴西情结，我永远忘不了那个礼仪周到、人人善良的国家。你知道，巴西是那位出色的外交官——罗佩兹·纳托爵士的祖国，他把意大利视为第二故乡。我希望，有一天他能光临我这里的植物园，到那时，他多年前送给我的脐橙将用它绽放着的美丽鲜花喜迎他的到来。

"有些植物并非是稀有的。在一定气候条件下也包括在意大利这样的气候下，它们是极为普通的植物，可在我这里却变得非常珍贵了，跟它们原来的特性是大相径庭的。我必须精心地护理它们，为它们准备好适合生长的土壤和气候条件，好让它们充满生机，枝繁叶茂，花香浓烈。

"在我这些植物中，有一种叫仙客来①。它的花芳香，讨人喜欢，阿尔卑斯山脉②地区很适合它生长。仙客来的根茎、叶子和花儿占据很小的空间，它跟姐妹花紫罗兰一样，拥有谦让的美德。它满足于在特别狭小的地方生长，悬崖峭壁的裂缝、栗子树根部的缝隙都是它赖以生存的沃土，但它善于凭借自己'谦谦君子'的风度，争得富有诗意的一席之地，善于在天鹅绒一样的苔藓植物中，在五彩缤纷的地衣③中经营自己的安乐窝。凡是它生长的地方，四周都有可称为天堂的一小块湿地，油光碧绿。独特的阿尔卑斯山野是各类植物的乐园，这里百花争艳，百里香④更是香气四溢，它的玫瑰色花儿花团锦簇，生命力十足地绽放出其优雅、美丽和芳香，不管谁路过那里，都会得到一个称为'飞来的

---

① 仙客来，多年生草本植物，花红色、有香气，供观赏，其根为猪的美食，俗称"猪的面包"。

② 阿尔卑斯山脉，位于欧洲中南部，西起法国东南部的尼斯，经瑞士南部，意大利北部，东到奥地利的维也纳。

③ 地衣，低等植物的一类，生长在地面、树皮或岩石上。

④ 百里香，又名麝香草，茎叶可提取芳香油，为重要的香料植物。

香吻'！

　　"可是圣·特伦佐的一切——土地、阳光和空气却是它的敌人。

　　"这里的土壤一直是盐碱地，植物都会枯萎凋谢，阳光火辣辣的，也会将植物烤得干透。然而，我把仙客来种植在地中海的海岸上，是在露天下栽培的，为的是看看它是否能够抵御第勒尼安海①炙热的阳光，结果，都一棵棵枯死了。

　　"于是，我把它种在浓茂的冬青栎密不透风的树荫下，由于阳光照不进来，只见它的叶片疯长，长得宽大宽大的，可颜色灰白，叶柄也长得老高老高的，就是总不开花。我把它的球茎挖出来，光种的地方就换了四五次，后终于为它找到了安乐窝。在植物园后面的那棵品种为'皮扎鲁提'的无花果树下我为它开垦了一小块特殊用地，并掺杂进去一些已拆掉的老墙剩下的软土和尘土，它终于开了玫瑰色的、芳香的花，就花的艳丽来说，它们一点儿也不次于产自布良扎和科莫湖第勒尼安海同类的优良品种。要是今年秋天，你还在这里的话，你可以把一束仙客来的花送给你妈妈。

　　"现在还没有到识破它'庐山真面目'的时候。你看，它的一些叶片是暗绿的，布满着玫瑰色的斑点，正躺在湿地绿油油的卷柏和苔藓植物上睡大觉呢！

　　"我的恩利科啊，你要永远记住我的话：一个人，他的东西越值钱，给他带来的烦恼和痛苦就越大。正因为这样，从父母那里继承大笔遗产的富人却享受不到任何快乐，他们总是在自寻烦恼中度日，同时又把自己的烦恼带给别人。你多次听说，世界上是没有什么幸福可言的，幸运的事儿也凤毛麟角，不可多得。幸

---

　　① 第勒尼安海，地中海的一部分，在亚平宁半岛、西西里岛同撒丁岛、科西嘉岛之间。

福是我们一代又一代人重复的永恒的话题，也为之说了许多不负责任的傻话蠢话。其实，幸福是我们取得功绩后所应得到的那份很正常的报酬，是我们劳动的结果，幸福绝不是幸运儿。幸福可以通过做世界上一切美好、善良的事来获得，比如说，完成光彩照人的事业，尊重正直善良的人，创造财富，等等。

"关于仙客来，我只跟你讲了有关哲学方面的道理，现在再回过头来讲讲与仙客来本身有关的一些故事。

"我为了种好仙客来，倾注了大量的心血，付出了太多的辛苦，对我来说，它是非常珍贵的植物。它的难能可贵之处还使我想起去世多年的一位老朋友。

"我的这位老朋友跟我一样，也是一位海运老船长，同样是圣·特伦佐镇人，我俩共事多年，关系融洽，友好情深，并合伙买了一条船租给别人，把西西里岛和撒丁岛的葡萄酒运到意大利大陆去，有时，我俩不管谁有空闲，就轮流亲自驾驶这条船。

"我逐渐发现，我的这位叫波罗斯佩洛的朋友是个赚钱胃口大得出奇的人。在跟别人做买卖时，只要能捞到钱，他就不择手段，敛财几乎到了疯狂的地步。我呢？也毫不客气地对他好言相劝，最后总能让他守规矩、老实一阵子。

"他说：'不偷不抢是对的，但自己的利益应该照管好。有些人尽心竭力地欺骗我们，而保护好我们自己，让骗子受骗上当也是我们的权利。'

"'亲爱的波罗斯佩洛，不，不能这样。说到诚实，这是个毋庸讨论的问题。头脑要指挥心，这是对的。但要有一个条件，那就是要走正道，而且要永远走正道。当"心"告诉我这个行为不是诚实的，我就只能二话不说，立马刹车，因为良心是无声的法官。理由可以摧毁一切，并且使人相信，做对自己有好处的事是天经

地义的，可是，"心"却总是连声大喊：坏蛋！坏蛋！没有什么理由能够制止这种良心的呼喊！'

"我们讨论生意上这类棘手的问题总是以一种方式结束。对我的劝告，波罗斯佩洛往往耸耸肩，不屑一顾，很少有说服他的时候，不过，还好，最终他总是答应按我说的去做，我也就放心了。

"后来由于生意上的事，我必须离开祖国到圣弗朗西斯科①两年。这样我就跟波罗斯佩洛分别了，并焦急等待着他的消息。可在整个期间，我没有收到他任何信件。

"两年后，我回到了意大利。先在热那亚下了船后又马上回到了圣·特伦佐镇。波罗斯佩洛又是拥抱我，又是亲吻我，用冷笑的语气说：'亲爱的巴琪恰呀，生意太好了，我用那条船足足赚了十五万里拉。'

"我吃惊地大叫一声，完全没有高兴的样子，涨红了脸问：'怎么回事？'

"'方法很简单，有朝一日，我将细细对你说。'

"实际上，方法既不简单又不正派，做事手脚很不干净。我急于知道到底是怎么回事。一个星期还没过去，我和波罗斯佩洛就以涉嫌挪用公款的罪名被热那亚商业法庭起诉了。

"为了很快捞到一笔钱，波罗斯佩洛的做法简直到了不择手段的地步。他来到马尔萨拉②，心存侥幸，仅仅把两桶装上优质的葡萄酒，而另外的许多桶却装上了咸咸的海水，可他向保险公司申报时却说装的全是葡萄酒，船和货物都上了保险。不知道什么

---

① 圣弗朗西斯料，又译旧金山，是美国西海岸著名的港口城市。

② 马尔萨拉，意大利西西里岛附近一座岛屿，是意大利一种名贵的白葡萄酒撒拉玛娜的产地。

原因，也许是波罗斯佩洛做了手脚，有关专家上船只抽查了装着葡萄酒的那两只桶，而装着海水的那些桶却没被识别出来。船和货物全部保险金额为十五万里拉。

"船从马尔萨拉开出后，在风平浪静中正常航行。波罗斯佩洛故意把船驶向礁石，结果船和货物沉入海底，甚至全体海员都不知道其中的奥秘，因为起航前，他把所有原来的老海员都换成了新海员，大家都真的相信，只是由导航的错误酿成这次海难的。作为船长的波罗斯佩洛冒着生命危险，拼命游泳，才躲过这场浩劫，捡了条命。他做的这件事天衣无缝，结果保险公司输掉了这场官司。波罗斯佩洛的律师立下了汗马功劳，保证了这场官司以我们的完全胜利而告终。

"他骗别人可以，但他骗不了我。我太了解我的生意合伙人波罗斯佩洛高超的航海技能了，对他可以支配的资产也了如指掌，所以我没有被他的花言巧语所迷惑。后来，一个被无故解雇的老海员向我一五一十地披露了事情的全部真相。

"我立即到波罗斯佩洛家里去，强忍着怒火对他说：'波罗斯佩洛，由于你对金钱的贪婪，使你犯了罪。罪名只能你自己去洗刷，你不可能把一盆屎同时扣到我的头上，让我也背上一个罪名。我是正人君子家的孩子，我生是正直人家的人，死是正直人家的鬼，你却犯了欺诈罪……'

"'这不是真的，是律师帮我们打赢了官司……'

"'你别打断我的话好不好？我求你别为自己狡辩了。无论你说多少辩解的话，你的律师说多少漂亮话，都不能改变我的看法。你犯了欺诈罪，应该马上到保险公司总经理那里去，要老老实实告诉人家，说是你手下的人不同意你干那些缺德事，所以放弃赔偿，并请总经理收回对我们的起诉。'

"'这样，我们的"布里斯克号"货轮和全部货物就都付之东流了……'

"'货物？让它们见鬼去吧！你比谁都清楚，它们到底是什么玩意儿！至于"布里斯克号"货轮嘛，那也有我的一半，不过，论过错，我跟它沾不上边，我把自己的一半白送给你。我想换回你的荣誉，这是最重要的。这是你第一次犯事，我希望并坚信，这也是你最后一次犯事。无论如何，从今以后，请你别再找我了，你一个人去干事吧！'

"由于波罗斯佩洛放弃了这笔保险费，这桩欺诈案就被掩盖起来，但是，他的名字上却有一个永远抹不掉的污点。至于我嘛，谁都知道，我离开家乡两年，我与这个胆大包天，也可以说是糟糕透顶的所谓'成功'骗局没有丝毫的瓜葛。

"后来我知道，波罗斯佩洛乘船到了布宜诺斯艾利斯。打那以后，我再也没有听说过他的消息了。八年以后，我收到了他发自列哥勒托的一封信，信中有短短几句话：'亲爱的巴琪恰，我现在病得很厉害，可以肯定地说，我不久将离开人世，看在老朋友的面上，我求你来看我一回，千万别拒绝我的请求，这是我向你发出的最后一个请求。爱你的波罗斯佩洛！'

"坦率地说，我没有忘记我多年生意合伙人的劣迹。每每回忆起他的恶劣品行，我如坐针毡，备受煎熬，产生无穷无尽的怨恨。我是个老实正直的人，与像他这样行恶的人，绝不能轻而易举地修好关系。到底答应不答应他的请求，我犹豫了三天。最后我的良心占了上风，决定到科莫湖畔的列哥勒托去看望他。

"波罗斯佩洛住在温泉疗养院治疗威胁生命的慢性中风。我见到他时，他仰卧在巨大的安乐椅上，见到我'哇'的一声哭起来。过了一会儿，他才颤巍巍地站起来，打开抽屉，拿出一个很大的纸包交给我说：'喏！这里面有两万里拉，是我制造的海难中失事的"布里斯克号"货船的一半资金，以前你曾慷慨地把这笔钱送给了我，好尽可能地挽回我的荣誉。在布宜诺斯艾利斯，我的生意兴隆，赚了不少钱，对我来说，归还你这笔款子没有什么负担。我真想倾其所有来报答你，即使成了穷光蛋也不后悔，我求你收下这笔钱，别回绝我好吗？你的犹豫不决真使我受不了！'

"我被他的话深深打动，一句话也说不出来，于是收下纸包，放入衣袋。

"'巴琪恰，现在我还清了你的债，你还得宽恕我。你是我罪恶的唯一见证人，你不宽恕我，我就不能心安理得地进入另一个世界，请相信你的老朋友——波罗斯佩洛。'

"'那么，请你扪心自问一下，然后再告诉我，在布宜诺斯艾利斯的八年中，你真的一直是个老实正直的人吗？'

"'当然！我以老母亲的名义向你发誓……'

"'好吧，我们一言为定，"布里斯克号"货船的事情，你过去的所作所为，我将尽快忘记，永不重提。'

"波罗斯佩洛一下把我抱在怀里，抽抽搭搭哭起来。打这以后，他好像获得了新生。他挂着拐杖，在仆人的搀扶下，在风景如画的疗养院周围慢慢散步。他每天都派仆人把一束盛开的仙客来送到我的房间。为了表明我的诚意，让他体会到我真的对他好，我还特意跟他一起泡了温泉……

"我跟他在一起待了十多天。为了生意上的事，我必须马上离开他。看到我要走了，他非常难过，紧紧拥抱我，悲伤地哭了起来，不断地向我致意。我从将把我送到伯拉诺的马车里向他大声说：'再见！'

"'在上面见①,在上面见。'他伸出手指向天空,满怀深情地说。

"我在伯拉诺下了车,要把行李拿到科莫湖中汽船上的时候,发现一个大包裹,打开一看,里面装着一些仙客来的扁球形茎块,还附有一张波罗斯佩洛的名片,旁边密密麻麻地写着:'亲爱的巴琪恰,我知道你很喜欢仙客来,所以我在散步时,采集了一百多个球茎块,请你回去种在圣·特伦佐镇的植物园里。等开花的时候,我已不在这个世界了,但是你一定会想起你的波罗斯佩洛的。我曾经犯过一次错误。你原谅了我,我可以高高兴兴地离开这个世界了。跟你永别了,我的巴琪恰,永别了。你的波罗斯佩洛。'"

过了片刻工夫,舅爷又接着说:"恩利科,你现在看得很清楚,我为什么非常喜欢种植仙客来了,说白了,就是对我来说,它是十分珍贵的植物。波罗斯佩洛死了,但很多年以来,每当我看到仙客来开得姹紫嫣红时,总是想起一生中这令人感动的一页。"

舅爷感慨万端地对恩利科说:"亲爱的恩利科,你可能注意到了,我有时对你说一些有关死人的话。你是一位如花的少年,宁静、快乐的人生才刚刚开始,所以跟你说些死亡的事情不会引发你的胡思乱想。我已上了年纪,但我发现,活着的人总是忘记死去的人,即便是想起他们,也不免黯然神伤。

"死与生息息相关。我们每前进一步就是向死亡迈近一步。从年轻时候起,就应该视死亡为习以为常,就别心存恐惧。死亡的恐惧伴随成长岁月而逐渐加剧,有时仅仅一句话,就足以让我惊慌失措,魂飞魄散。我们习惯于采取'鸵鸟政策',面对死亡

---

① 在上面见,这里指在天堂见。

不敢正视，不敢多想，认为死亡是世界上所有骇人听闻的事情中最可怕的现象。

"我们往往尽其所能地让死者远远离开我们的家，然后选择每年最悲伤的一天拜谒他们，我们为纪念死者所付出的代价就像给予他们人所不齿的施舍一样。最值得同情的另外一些人，他们不在十一月二日①哀悼亲人，而是在亲人去世的忌日——最悲痛的日子，痛哭着去墓地祭奠英灵。

"正如你看到的，我不是这样的人，我情愿把墓地建在家里，因为我一点儿也不怕死人，我爱跟死人亲近，把他们跟活生生的东西联系起来，真怕他们从我身边溜走了！不管是待在房间里踱来踱去，还是在院子里的小道上散步，我都觉着是和死者生活在一起的。他们跟我说话，向我微笑，有时，他们还有点儿狡猾地告诉我，他们正等着我呢！在远处的墓地里，深埋着的只是亲人的骨，而在这里却活跃着他们的灵魂。

"我们为什么要怕死人呢？我的恩利科啊，假如死亡也引起你的恐惧，你就像拒绝一个不怀好意的诱惑那样，把它从你脑海中驱赶出去。世间的一切都是生命的开始，又都是生命的结束。在我们漫步街头的说说笑笑中，十一月份的潮湿天气和丝丝寒意，给我们增添了死亡的元素。

"你看，在我的植物园中，即便在美好的季节，在同一枝条上，既有翠绿的叶子，又有刚长出来就枯萎的叶子，也有一年还未结束就早早凋谢的叶子，而我踩着的尘土和沙粒都是它们的墓场，而从这墓场又会诞生出新的生命。

"我们要热爱生活，会享受生活，要把人生变得对自己、对

---

　①十一月二日，每年这一天是天主教祭祀所有死者的日子，叫万灵节。

别人都更加美好，更加和善。当我们面对死亡时，不要害怕，不要懦弱，不要像见了幽灵那样绝望。

"当我们想起死去的亲人时，不妨把他们的灵魂请到我们各自的家里来，让他们给我们说些温柔、甜蜜的话，重叙存在于我们之间那同甘共苦的悠悠岁月。我们将来也要到他们那里去，从阴曹地府向还活着的人致以亲切的问候。生和死用爱的纽带联系在一起，交替出现，就像今天和明天循环交替那样……"

第十章

星期日街心广场的一天

　　一个星期天，舅爷应一位住在街心广场附近的圣·特伦佐镇医生的邀请共进午餐。饭后，恩利科和舅爷从窗台注视着街上熙来攘往的人群。

　　老船长叼着海泡石^①烟斗，大口大口地吐出烟雾，如同密布的浓云。恩利科是个很细心的小伙子，通过观察他发现，从舅爷喷烟的浓与淡，便可不差分毫地知道他心情的好坏。要是吐出的烟细得用肉眼刚能看到，那就意味着心情特别坏；要是烟斗里不出一点儿烟，晴雨表就显出暴风雨即将来临；要是吐出的烟是少量的，那就意味着下雨和刮风……总之，云块的大小跟舅爷吐出烟的多少循环交替，就像一个情绪变化无常的人，他的喜怒哀乐也是交替出现的。

　　今天是星期天，舅爷的烟斗喷出的滚滚浓云以正常的速度流动，这是很少有的现象：天气好，人的心情肯定好！

　　"亲爱的舅爷，我看你今天心情特别好。"

---

　　① 海泡石，桃花心木经长期风化生成的一种矿物质。

"那还用说！我在最好的朋友陪伴下高兴地进午餐；你也长得一天比一天强壮有力了；街上的人来来往往，喜气洋洋，快快乐乐地干了六天的活，今天星期日，大家喜悦的心情是可想而知的。我很高兴，周围的人也欢欢喜喜，我还有什么可求的呢？"

"舅爷，走在街上的所有人，你觉得他们都幸福吗？"

"我相信是幸福的，至少今天是这样。也许明天开始干活时，他们会觉得出海摇橹费劲一些，举起的锤头重一些，但过不了多久，他们就会开起玩笑来，吹起口哨来，心甘情愿地干起活来。

"你看，下面那个小山村，它仅有几百口人，可麻雀虽小，五脏俱全，可以说，它代表着一个社会。要是对这个小山村做一个分析的话，就不难发现，生活在大的居民点（例如城市）的人们面临的所有问题，在小山村也存在；如果推论的话，在一个比城市大不知多少倍的国家遇到的问题，在小山村里也同样会遇到。

"尽管这个村庄——小小社会的结构简单，但有着不同的社会阶层。话又说回来了，这个小小社会的不管哪一个成员都不会因为自己社会地位比另一个低贱而感到羞愧。在这里，平等是最高准则，这面旗帜在法国大革命时期就打出来了，内容就是法律面前人人平等，而且人的生存权利和人的尊严都应受到保护。

"这里没有穷人。要是你看到有人伸手乞讨，那是从其他地方来的，这里没有百万富翁，连拥有五十万的人也没有。也许我是圣·特伦佐最富的人，也只不过刚刚达到小康水平。几乎所有的人除了有房子住、有饭吃外，他们可以引以为自豪的是自己还是业主，比如有一小块薄田或者宅基地。确切地说，所谓土地就是巴掌那么大的乱石堆，经过打眼放炮，用镐头刨，才种上两棵葡萄树，或者开出一个小小橄榄园，一年最多能收半桶橄榄油。糟糕的是遇到歉收年，就一无所获，有的人家还开出这块地来当宅基地用。总而言之，他们靠着这些少得可怜的不动产，过着有尊严的体面生活。从理论上讲，他们的财产跟发布里科提[①]所拥有的数十亿财产没有什么不同。我相信，发布里科提不可能将自己账号上所有的钱财不差分毫地记得一清二楚。

"尊严是人类字母表的第一个字母，所有这里的人们都高昂着头，因为他们有'趾高气扬'的权利。你看到他们相互打招呼的情景吗？相互问候时，他们从不把帽子接触到地面，也从不低头弯腰，更不在任何人面前显得卑怯低贱，弓着脊椎，说些卑躬屈膝的话。发布里科提来到这里，大家同样以'卡罗先生'相称。他一点儿架子也没有，更喜欢别人以亲切的方式向他问候，而不直呼他什么男爵这样的尊称，而得到这些尊称本是他应享有的权利。

"难道他们应该低首下心、忍辱含垢吗？今天是星期日，也是复活节[②]，是大家把耶稣基督奉若神明的日子。借此机会，他们以最好的方式表露出在尊严面前人人必须平等的决心。不管是在渔船上，还是在'贡都拉'[③]上，不管是在船厂，还是在其他工厂，大家都是连续六天劳动，星期天休息，有的抽托斯卡纳[④]雪茄，有的喝彭琪诺[⑤]，有的远眺大海……今天他们尽情享受人生的乐趣，靠自己的劳动报酬付款，而无须向店主和酒老板赊欠。

"你再看看女人。她们昂首挺胸，充满着自豪感，这在其他国家是看不到的。在我们这里，除了家务事，她们有的还是泥瓦匠，

---

① 发布里科提，意大利经营大理石的企业家。

② 复活节，是纪念耶稣复活的节日。根据西方教会的传统，春分后（3月21日）的第一个满月之后的第一个星期日即为复活节。

③ 贡都拉，航行于威尼斯运河上的平底轻舟，此船始用于11世纪。船身自1562年以来统一为黑色。

④ 托斯卡纳，意大利中部一个行政大区。

⑤ 彭琪诺，由果汁、香料、茶酒等掺和而成的混合甜饮料。

有的做贩鱼的生意,有的当农民。她们平时穿着裙子,光着脚走路,今天,她们穿着十五或者二十里拉一双的光亮柔软的高靿皮鞋咯噔咯噔地行走,脖子上系着丝绸围巾,浓密的头发上插着漂亮的花朵,三三两两地挽着手臂,气势昂昂地散步……

"你看,人的尊严在这里所有人的身上得到了充分的体现,这里任何人都接受报恩。要是别人施予某人恩惠,他就用热情的言行回报人家。我出国多年回来后,开始时认为,乡亲们这种习俗不合时宜,便批评了他们,因为我给他们不管什么样的哪怕是微不足道的帮助,他们总是很快地予以报答。

"一个小女孩病死了,死者的妈妈来找我,请我给她一些花,放在小女孩的坟墓前;有个人想让他的孩子进入造船厂当学徒工,我马上为他写了推荐信;有个海员因为不守纪律被判有罪,于是他通过我请求国王赦免他。好吧,我给了死者妈妈一些鲜花,那个小伙子如愿以偿地进到了造船厂,海员得到了国王的特赦,这三个家庭分别送给我一筐鱼,一篮子无花果和一篮子香菇,全都是时鲜食品。

"啊!我发火了,'难道你们要报答我为诸位做的这点小事吗?你们是不是不想让我为诸位继续办事了?'

"我深思熟虑后,终于同意接受他们的礼物,不再冲他们发火了。从本质上说,这些礼物包含着一种高尚的情感。更确切地说,这种自尊是天性使然,是难能可贵的,是值得尊敬的,是一种感激之情,把这种情表达出来,这本身就是一件善事。实际上,这种回礼还有一层更为深切的含义,那就是穷人和小孩子能以为比自己富有和强大的人做一些事而深感自豪。

"恩利科,我很喜欢'自尊'这个词,即使它很接近'妄自尊大',我照样喜欢它。一个有自尊心的人决不会做出卑鄙的事情,而他却能让那些有时缺少尊严的达官贵人多次低下'高贵'的头。

"自尊出自本能。那些跟汹涌的海涛奋力搏击的人，那些依靠自己的双手和聪明才智进取的人才会拥有自尊。我痛心地看到有的乡亲为了到工厂劳动，离开他们赖以生存的大海，抛弃了祖祖辈辈留下的土地。他们被轭上雇佣的枷锁，丧失了大部分的独立，这样也许会丧失他们全部的尊严。我现在是乐观主义者，相信人类前进的车轮是永远也不会停息的。一个或少数几个资本家将大的产业实现工业化后，他们会把权力分配给劳苦大众的，工人们会获得跟从前一样的独立和美好的自由，从而以自己的方式从事符合时代要求的工作。

"政治上已经发生同样的变化。首先，很多小国家将逐渐消失，形成独立的大国。然后，原来单一的国家将重新获得自治权，同时在一个神圣、广泛的联合体内，享有统一、独立的权益。亲爱的恩利科啊，这一点，你孩子的孩子将会看到……"

舅爷饱含深情地说："恩利科，我看了又看，从我们的窗户下走过去的这些人是了不起的人。我为是他们的同乡而感到高兴。他们中间没有酒鬼，很少有人坐在那里胡吃海喝的，只不过玩一玩纸牌，做一做游戏，喝杯饮料或者一杯味美思酒①而已，这就足够了。

"圣·特伦佐全镇没有一间台球房，而且只有星期天酒店才开门，其他六天全部关门。人们整天干活，只有从造船厂或其他工厂和渔场回到家后，才能跟家人共进晚餐，然后到街上抽烟，看大海美景，接着睡觉。大海是大自然给予穷人和富人、渊博的

---

①味美思酒，又称苦艾酒，以香草等调剂成的开胃酒，尤指意大利、法国的产品。

人和没有知识的人以及全人类最亮丽的、能引起无限遐想的一道风景。

"恩利科你看，这里的居民对政治和社会哲学怀有浓厚的兴趣。意识到自由和独立对他们是何等的重要。浏览了当地的一些报纸后，发现他们的不满情绪有增无减。报纸不仅不对他们进行正确引导，反而煽风点火，不仅没有就如何消除社会不公正提出解决的途径，反而大肆宣扬，引起区长先生和宪兵上士的严重不安。经过缜密的调查，地方当局没有发现任何异常情况，他们多次询问我这儿是否有针对政府的密谋，有没有秘密组织和犯罪团伙，等等。我总是笑着如实回答他们。我以公共秩序担保人的身份说：'你们别怕这些人真的会闹什么革命。所有的人都衣食无忧，除了吃饭，他们总是干活；拥有一小块田地，还有自己的家，小日子过得有滋有味，怎么会暴动呢？他们难得到咖啡馆去一次。不错，他们跟许多议员和神职人员一样，也会在咖啡馆议论政治宗教，但他们回到家或工厂后，就什么都忘了。这里的人很实际，对生活有辨别正确方向的能力。他们是通过实践获得正确认识的，而不是通过简单地阅读书本和报纸来获得的。'

"恩利科啊，我从自己漫长的生活经历中，总结出一整套的实践经验，现在讲出来，请你务必牢记在心。不管要学习什么东西，有三种方法，一是理论方面的，这要从书本上学；二是学习别人的经验；三是从自己的经验中学。学习是一件好事，学会了，掌握了，就能产生价值。然而，这里面可大有学问呢！用什么方法学进去并入脑的，产生的价值就会大相径庭，从书本那里学来的理论值一个铜子儿，从别人的经验那里学来的东西值一个里拉，

从自己的经验那里得到的知识值一盎司^①金子。

"正因为这样，人类并不满足于从书本上或从别人的经验那里获得知识，而是更愿意用自己在实践中取得的经验来做好每一件事情。表面上看，凭经验办事，好像会给别人留下自高自大的印象，更糟糕的是也许会落个身败名裂的下场。请相信我的话，实践出真知才是最硬的道理。我们的经验是完全根据自己的实践，独立自主总结出来的，这就相当于最高法院下达的终审判决，无须提出上诉，无须提出质疑。

"一个辛勤劳动的人，用自己的头脑进行独立思考，就等于他用实际可靠的知识，也就是经验，积累了一笔小小的财富，进一步说，他几乎总能摘取宝库中的稀有珍品，达到心脑并用，和谐相处，进入人类所有美德的最高境界，成为一个通情达理的人。

"恩利科你看，圣·特伦佐的这些居民几乎都是很通情达理的。这一点，我是有亲身体会的，也是每天都看得一清二楚的。而多年前我看到的却是另一种情况。那个时候，这里有一些小伙子对现实生活不满。他们想成立一个反教权组织，把矛头指向神父。该组织成立后，他们制作了一面红旗，旗杆上挂着的全是红色的木制小魔鬼。每当有葬礼的队伍走过街头或举行庆祝集会时，他们就借机打着这面红旗，高举小魔鬼图案寻衅闹事，这时宪兵、学监和神父如临大敌，倾巢出动，处于高度戒备状态。他们准备将这面旗帜没收，并解散该组织。我好言相劝地方当局慎重行事，别火上浇油，因为以势压人，毫无社会价值，也没什么意义，反而会把事态扩大。这真是一件滑稽可笑的事情，然而，这类无足轻重的事情如处理不当，就有可能导致杀人事件的发生。事实上，

---

①盎司，英美制重量单位，一盎司约合 28.35 克。

那个头上长角，背部长尾，龇牙咧嘴的小魔鬼的样子简直让人笑掉大牙，后来这个反教权组织的头头及其所有成员都在人们的笑声中销声匿迹。现在呢？什么'魔鬼'呀，什么'兄弟会'的成员呀，嗯，谁知道他们到什么地方去了！明智已经并将永远占上风。要知道劳动和家庭是基础，人类社会的大厦就是由这个基础支撑着的。

"恩利科啊，并不是因为这里的人是我的同乡，和我一起长大，跟我有大部分相同和相似的经历，我才偏爱、袒护他们的，这一点，请你相信我。要是他们打着'自由'的幌子横行乡里，蛮不讲理，我是决不会饶恕他们的，我想，跟他们讲出我的想法后，他们是会善罢甘休的。他们也并不总是很快地认为我说得有理，可随着时间的流逝，他们深信我的话是对的，于是他们自觉自愿地改正自己的不足，按我的要求办。要是他们没有用自己的头脑思考问题，只是在屈服于我的权威的情况下，才盲从、听话。即便他们接受了我的建议，我也很不高兴！

"你知道吗？我们这里现有两家船舶公司，每家都有几艘小汽船，它们的任务是每天（节假日除外）把要上班的工人运到造船厂去。很久以前，这里仅有一艘小汽船，是由列里奇镇里一位熟练的船长驾驶的，由于运送的工人和游客不多，这艘小船就足够了。目前，这两家公司各有两艘小汽船。由于国家要加速工业化和军事化的进程，现在这几艘小汽船已远远不能满足需求了。

"为了少花钱，工人们想自筹资金，造一艘为他们自己使用的小汽船。他们说到做到。小船造好后，生意红红火火的，过了不久，他们又造了一艘较大的汽船。

"同时，拥有第一艘小汽船的原来那位业主把自己的资产转让给了另一家船舶公司。为了不至于落后上面提到的工人创立的工人联合公司，这家刚刚组建的船舶公司又造了另一艘船。打这以后，为了争夺客源，甚至为了获取港湾旅程长短的蝇头微利，两家船舶公司展开激烈的竞争。

"这没有什么不好的。在经济生活中，在工业化的进程中，竞争，甚至是殊死搏斗，是无处不在的，永不停止的。谁最了解行情，占领市场，谁就更能获大利，赚大钱，最后他就能战胜对手。工人联合公司的工人武断地认为，因为自己是工人，政府就应该只扶持他们的公司，而不补贴与其竞争的另一家公司。说这种话是很不明智的，是短视行为，首先是混淆了在真正民主的基础上进行平等、健康竞争的理念。如果发动流血的法国大革命仅仅是为取消显贵的特权而给穷人以新的特权的话，那简直是幼稚可笑的。为了捞到钱，难道非要不讲公正，把别人逼入绝境不成？非要把原来生活在天堂的人打入十八层地狱，而原来生活在地狱的人升入天堂吗？

"工人联合公司的工人和股东来找我，让我帮助他们从政府那里获得他们所要求的东西，总之，纯粹是特权。我对他们说：'你们这样做是错误的。'我没有帮他们滥用权势，助纣为虐。他们说：'我们是工人，而另一家公司的股东不是工人。'我回答说：'是的，你们是工人，这没错。你们在联合自己的力量来制约别人利用垄断资本搞投机生意方面，是有功之臣。但另一方面，其他人也是自食其力者。他们为公众服务，为造船厂的工人服务。如果政府必须资助公益事业，它就应该不偏不倚，而没有必要看别人的脸色行事。'听了我的话，他们很不高兴地说：'关于民主的话题，您说得太好啦！可我们是工人呀，工人应该得到一切！而其他的人不是工人，他们什么也不应该得到！'

"政府赞同我的意见，同时不偏不倚地赞助了这两家公司。我衷心希望，打这以后，他们能尽快忘记过去的恩恩怨怨，能心悦诚服地认识到，只有平等公正的做法，两家公司才有美好的前途；生意上的事情只有冷静、从容不迫地对待，才能处理好。失去理智，对大家都不利。

"亲爱的恩利科啊，我向你讲了这么多严肃的事情，也许你觉得厌烦了吧！要是你从我这里学会了观察周围事情的方法，并从中总结出生活的经验教训，看到事物中的亮点，即便让你厌烦了，我也是肯定不会后悔的。学校把十几代的历史得出的经验教训教授给学生，而实际上学校教的学生能学到多少呢？看起来学生知识渊博，可最终还是开不了花，结不了果。

"我没有小视伟大历史的意思，包括记载皇帝和国王的史料，比如说，他们某年某月为何被杀，他们由于自己的老朽昏庸，顽固不化，或者为了互相争夺领土而又使多少人死于非命……这一切都是人们非常感兴趣的，但是，要学习历史，我们必须读懂时常发生在我们眼皮底下，看似不足挂齿的区区小事。我深信，这些小事能够而且必然会引起人们比对那'伟大的历史'更大的兴趣，我们是见证这些普通小事的小人物，我们既有苦难，又有快乐。人就是人，人在爱恨情仇方面是很相似的，即便是大人物卡罗·玛尼奥①、卡罗·波尔达②、乔万尼·蓬杰③、拿破仑④和森波罗尼

---

①卡罗·玛尼奥（724—814），通称查理大帝，法兰克国王，768—814年在位。800年受罗马教皇加冕为神圣罗马皇帝，即查理一世。

②卡罗·波尔达（1775—1821），意大利著名诗人。

③乔万尼·蓬杰，卡罗·波尔达的一部诗作中的主人公。

④拿破仑，即拿破仑一世（1769—1821），法兰西第一帝国和百日王朝皇帝。

奥^①也是如此。

"一位很有才华的作家写了一本名为《床头漫游》的书。他把在那狭小的天地发现的事情写成一部巨著，给我们留下许多美好生动的东西。别的作家完全可以写一部名为《一个村落的变迁》的书，为我们生动地上一堂道德、政治和宗教课，这部书如果写成了，可称得上一部真正意义上的百科全书，它比多篇论文更有用、更有现实意义，而那些历史论文晦涩难懂，粗制滥造，毫无实际价值。"

---

①森波罗尼奥，意大利古典文学杜撰的一个人物，类似我国文学中的张三、李四、王五。

第十一章
广场上的又一个星期天·社会边缘化的人

接下来的第一个星期天，舅爷和恩利科又来到街头，坐在街心广场附近教堂的台阶上。这一天，穿着各色服装的人们来来往往地走在从港口到墓地的小道上。

这里有二三百个人，却代表着这座城镇的一道风景线。他们中间有在妈妈怀里的孩子，有白发苍苍、驼背多年的老人……他们操守着各种职业，有医生、渔夫、士兵、海员、农民、宪兵、小业主等。他们职业不同，衣着也不尽相同。

过了一会儿，舅爷打开了话匣子。他显得很不高兴，摇着头对恩利科说："你看，这里的男人和女人，他们的内在和外在是很不协调的，这个我很不喜欢。我敬畏真实超过其他任何东西。我主张一个人的内在和外在达到完美的统一。当一个人内在和外在不一致时，这个人就是谎言的散布者，是个谎言连篇者。我想撇开'染料'把人弄得老少不分、男女不分这个话题不谈，只想说说穿着打扮。一个人穿什么衣服，必须真实地体现其职业、财富和审美观。但是现在呢？跟过去大不一样了。不知从什么时候起，每个人都模仿有钱人的穿着，而且喜欢千篇一律的打扮。由于职业的关系，除了海员、海关的稽查人员、军人、宪兵都不得不强制性地穿着各自的制服外，其他所有人都打扮得非驴非马，实在难看。

"你看这些孩子！一个是渔夫的女儿，一个是洗衣妇的女儿。她俩蹬着相同的摩洛哥山羊皮制作的高级皮鞋，鞋带是丝制的，鞋面点缀着丝绸的蝴蝶结，而这种皮鞋只有侯爵夫人和博士夫人才穿。恩利科，你看到那位穿着黑色衣服，对谁都不屑一顾，从远处向我走来的少女了吗？她成了走在她后面那些贵妇人的笑柄。实际上，这位少女是整个一周都光着脚为药店老板的厂子搬运石灰桶的女工。裁缝和鞋匠不管技艺如何高超，都无法改变一个人的身材和脚等各个部位的差异，所以女工穿着贵妇人那样的衣服和鞋子，她的内在与外在极不协调，给人留下丑陋的印象，因为每块布料都是按照每个人的身材、步调和形态的优雅而做成不同款式的衣服的。

"啊，当这些女孩子的妈妈还是少女的时候，她们是多么好看呀！那个时代，她们不穿华丽的高靿皮鞋，不穿天鹅绒、丝绸衣服和时髦的裙子。她们衣着简朴：一件细棉布上衣，一条色彩鲜艳的围裙，头上插着一朵康乃馨，一条披肩，给人以赏心悦目的感觉。纯真朴实的模样，健全的体格，雕刻般优美的线条，跟简朴的衣着、雅致的发型保持着内外的完美和谐。农家女、海员的女儿和渔夫的女儿分别代表着女性世界最美丽、最可爱的形象，她们也应该达到内在和外在的完美统一。

"我看，虚伪的穿着打扮在男子身上也同样存在。我想方设法在人群中寻找戴红毛料帽子的人，可找了半天，也没有找到这种人。眼下，海员们已经不喜欢他们父辈戴的那种帽子了，他们情愿像有钱人那样戴系黑丝带、镶红宝石的麦秆帽。时下，他们的穿戴都很考究，西服背心上要系着用骨头雕刻的纽扣，外衣和领带边要呢子的，而不穿粗糙白毛料然而很耐用的哥萨克式的、适合海员穿的制服上衣。啊，那些朴实无华，戴着红毛料帽子的漂亮海员到哪里去了？想当初，他们说着与被日光晒黑的脸色相吻合的美好话语，根据自己的爱好，搭配变换适合自己的衣着，做着极具鲜明特色的事。啊，过去那些健壮如牛、具有男子汉气概的男人都到哪里去了？想想啊，他们那时不打领带，不愿意像枷锁一样束缚自己的手脚，而只穿件白衬衫，能让人感受到发达、健康的肌肉！

"在这种令人痛惜的内在与外在的巨大反差中，虚伪并没有得到有效的遏制，反而愈演愈烈。你看，一些走在街上非常穷苦的人，居然穿着侯爵大人和博士大人赠予他们的破衣烂衫。渔夫和海员的女儿都喜欢穿每年夏季来海滨度假的游客遗弃的破旧衣物。有些人自命不凡，以绅士派头自居，居然穿戴加工后的奇装异服，装成腰缠万贯的富翁，其实是个穷光蛋！健壮的体魄、雕塑般的优美线条撑起紧绷绷的服装，既不舒服，又不自在。抛弃自己固有美的东西，总想模仿阔人或别人的衣着，他肯定会变得很丑。其实，这种人是轻浮急躁，只有奢望而没有财富。所有这些社会边缘化的人的企图，一切流言蜚语和弥天大谎都将灰飞烟灭，用'克里斯托弗列'①的大部分产品和多彩的破衣烂衫来装点我们现代社会的痴心妄想都是不能得逞的。虚伪是这个现代社会的毒瘤，而拿别人的破衣烂衫当宝贝是虚伪的主要表现形式。

"啊，你看，我买的棉麻混纺粗布崭新、干净，做的衣服跟

---

①克里斯托弗列，法国著名的金银店，文学作品常常视其为财富的象征，这里指作者认为那是虚假表面毫无意义的繁荣。

我的体型特别般配，啊，太好啦！用细棉布做的衣服还散发出来自乡野的诱人清香呢！这些衣着跟那些从富人身上脱下来，并且常掉绒毛的天鹅绒服和需要洗衣工流涤两三次的丝绸衬衣有着根本的不同。穿上那些衣服该多烦心呀！多羞愧呀！这种美其名曰'乌托邦式'的平等主义与自然美是背道而驰的，因为这种平均主义坚持主人与仆人，女伯爵与女用人穿同样的服装。

"好一个平等的观念！要知道，这种观念破坏了大自然蕴藏的最美好的东西——质朴健康的价值，这样，就以苍白无力、千篇一律的形式模糊了万千事物的千差万别，抹杀了它们各自的鲜明特色。

"恩利科啊，我对裁缝和工匠利用人们的虚荣心编造的谎言并不气愤，让我气愤的是那些腐朽透顶的事情。

"你看，这里的海员以戴父亲的红帽子而感到羞愧，他们的女儿只有脚蹬摩洛哥昂贵的山羊皮制作的光亮高靿皮鞋，才会到街上溜达，否则，宁可足不出户。她们不但对适合自己条件的衣着满腹牢骚，还对自己的社会地位和职业感到羞耻。实在不幸的是这种沉疴恶疾并不是仅仅个别地方的一个例外，而是普遍的社会现象，这种风气大城市早已盛行，还存在蔓延到整个像圣·特伦佐镇这样一个小小的社会中的危险。

"恩利科啊，当你选择职业时，请多注意哟！要三思而行，认真对待，别因为你在社会上的地位不高而羞耻！多年前，我曾到柏林去旅行，作为一个意大利人，我感到羞愧难言。据我看，那里的人不像我们朝气蓬勃，聪明伶俐，有艺术家的天赋，可他们人人都为自己的地位、所从事的职业而自豪。电车司机、马车夫、战士、店员、清洁工以及人类大家庭的其他不论职业高低的所有成员……他们都为穿着各行业的制服充满自豪感，并忠实地履行着自己的职责。

"而我们意大利人正好相反。每个人都为自己所处的地位感到羞耻，他们不看处在下面的人，而总是死盯着高高在上的人。他们虚荣心很强，所以缺乏自信，自己瞧不起自己。比如，一个鞋匠不是尽全力地成为本村，甚至本城市的一流鞋匠。他们总是试图，起码在星期天试图使自己相信，也使别人相信他不是个鞋匠，这不是自欺欺人吗？当他们有了一点儿积蓄后，是决不会让自己的儿子当个鞋匠的，而要他们成为律师、医生或者起码当一名抄抄写写的镇政府文书。他们为自己的身份感到耻辱，用生命中的每一个时刻来掩饰自己的虚荣心。

"树立雄心壮志、具有远大抱负是应该受到称赞的，而虚情假意、无耻地背叛自己的职业则应该受到谴责，诚实的鞋匠应该感到自豪，朴实的农民应该感到自豪，普通战士和所有尽职尽责的人都应该感到自豪。最令我啼笑皆非的是，有些人本来是平民出身，可非要装成一个贵族不可，或者拿钱买个，甚至乞讨个跟自己没有任何血缘关系的爵位。

"我有一个五十岁的朋友，他成了富翁后，想变成一位男爵，便用钱买了个爵位，我宁肯失去这样一位朋友。为什么出身平民就感到羞耻呢？他用那个爵位换来的是什么东西呢？是被真正的贵族讥笑和嘲弄，被平民百姓鄙视。

"在我看来，这些人跟那些戴着父辈们的红帽子就感到羞耻的海员，以及出于虚荣心而穿着贵族的高勒皮鞋的粗脚女工没什么两样。

"要是我真的是伯爵或者侯爵的话，那么我对从父辈那里继承的、代表着我国一定历史时期的爵位也不觉得羞耻。我对什么伯爵呀，侯爵呀，既不嫉妒也不冷嘲热讽，该叫伯爵时就叫伯爵，该叫侯爵时就叫侯爵，我讨厌的是，有些人讨个或买个爵位，而这跟与生俱来应享有的爵位权力毫无关系。

"我宁愿是个穷人、病人，也不愿做那些既无手艺，又无钱财而游离社会边缘的人。穷人可以变成富人，病人可以痊愈。我过去、现在从没做过，将来也永远不会做个不明身份的人，哪怕做一天也不行！这些人就如同鸟儿栖息于水下，鱼儿游在天空，植物的根向上长。这种怪里怪气、粗俗不堪的人和事，以及让我怒不可遏的其他做法，跟我的通情达理的想法背道而驰，也跟我协调融洽的做事原则及和谐情趣水火不相容。在我看来，与社会格格不入的人是人类灾难和愚昧的象征。我情愿是清道夫，是黑人、是澳大利亚人，也不愿成为一个跟社会格格不入的人！"

恩利科禁不住问："亲爱的舅爷，与社会格格不入的人是可怜的人，那么，这种怪里怪气的人为什么会让你既害怕，又厌烦呢？"

"现在我拿在这条街上散步的两三个这种人做例子，来回答你的疑问。我对这些人的过去了如指掌，他们非常值得人们怜惜。你看见从我们面前走过去的那个年轻人了吗？他总是在街心广场走来走去，因为自由空间对他来说是很不宽敞的，他需要广阔的天地来展示自己的'风采'，以唤起所有人对他的注意。你看，他打扮得像绅士一样，戴着黑色的圆顶硬毡帽，穿着最时髦的开司米裤子，艳丽的男西服大背心格外醒目。从他整个的穿着打扮来看，你会很快发现他不是一个真正的绅士，而是在模仿本来不属于他的那个阶层的人。他的领带是红色的，衬衫是绿色的，它们是多么的不协调呀！他那硕大、惹人注目的表链并非真金，而是镀金的。他要是穿一件更为考究、没有揉弄得皱皱巴巴的衬衣的话，比手指上戴两三个戒指要好得多。

"你看，他周围还聚集着穿戴非常寒酸的三四个小伙子。在

这几个年轻人中间，他仿佛一个绅士，鹤立鸡群，只听到他独自一人大声说话，夸夸其谈，指手画脚。你看他一会儿将帽子脱下，拿在手中向上挥舞，一会儿又戴在头上，总是变换着不同的姿态。你在这里看到的他，跟其他一些人一样，只不过是一个爱慕虚荣又愚笨的家伙，这种人为了获得幸福，任何时候都需要吸引公众的眼球。他们颇像我认识的一位文学家。这位文学家要是一天不在报纸上看到自己的名字，就不会高兴地上床睡觉，即便上了床，他也是辗转反侧，彻夜不眠。当报纸果真没有了他的尊姓大名，他就从抽屉里拿出可以聊以自慰的旧报纸，一个字一个字地朗读上面自己的名字和姓氏！这时，他是那么的得意忘形。

"这位年轻人不仅仅爱慕虚荣，而且与社会格格不入。他是酒店老板的儿子。他的亲戚，有的是光着身子捕鱼的渔夫，有的是整个一星期都是光着脚走路的女工。他总是一身纨绔子弟的打扮。当他听到这些亲戚以'侄子''堂兄弟''教子'的称呼叫他时，他总是深感耻辱。遇到这种情况，他往往处于十分尴尬的境地。他的做法甚至到了六亲不认的地步，比如，有一次，他跟一些朋友——来自拉斯佩齐亚和萨尔扎纳的公子哥儿一起散步，有个亲戚跟他打招呼，他理也不理地一走了事。

"他的父亲靠卖酒积攒了一笔钱，想把儿子培养成律师，他被送进萨尔扎纳的寄宿学校，可他对学习根本不感兴趣，并以未来的博士自居而无理取闹，结果被学校开除，送回了老家。后来，他勉强混到中学毕业，想做个工程师，于是，父亲又把他送进拉斯佩齐亚的技术培训班。然而，他做人做事老是稀里糊涂，依然走不上正道，年终考试依然过不了关，这时，他已经长出了胡子，最终还是没有拿到技术文凭。他频繁出入弹子房和咖啡馆，对学校的桌椅板凳毫无兴趣。他用轻诺寡信的语言，鹦鹉学舌似的大谈社会问题和其他重大事件，人们听着他的胡说八道如堕云雾！

"他加入一个宗派组织后，开始为那些因循守旧的校刊写文章。他的文章往往以谬论代替以理服人，以无理取闹代替正常的思维，读了他的文章后，圣·特伦佐镇的人居然视他为伟大的作家！后来，他摇身一变，成了选民的代言人，名副其实的律师！他到处给别人提建议、出主意，声称能帮人答疑解难，还能做经纪人……总之，他巧舌如簧，对任何事情都会评头论足一番。他鄙视当海员和工人的亲兄弟，富有教养的人对他的行为略有微词，他就说人家许多坏话。从他轻浮的举止以及粗野的冷笑中，你总能窥视到他的丝丝辛酸和烦恼，以及茫然不知所措的心境。他看不起家人，却在家里过着饭来张口、衣来伸手的生活。他在各个方面的表现都令人厌恶。比如说，他担心弄脏自己时新的裤子，往往再三地擦拭铺在椅子上的垫子才肯坐下来。他的素质非常低下，所以跟富人打交道时，他的举止庸俗，话说得很不得体。他这种根深蒂固的恶习腐蚀了他的灵魂，使他成为凭冲动办事，向别人报复的所谓'革命家'。一遇风吹草动，这种人就是那些投向社会的第一把匕首的帮凶。这种秉性的人即使当个工人、海员或者农夫什么的，也不会幸福。

"与社会格格不入的不全是男子，也有女人。你看站在门前的那个女子。她穿着黑绸子上衣，戴着绘有花鸟图案的漂亮帽子。你只要看她一眼便知道她也是一个与社会格格不入的人。她样子傲慢，举止做作、粗俗，面色憔悴。看上去她很富有，但她的穿着打扮并没有给人时髦的感觉。她的每个手指上都戴着戒指，还有金项链呀，金手表呀，金手镯呀什么的，应有尽有，如同博览会中的金银首饰供人欣赏。她几乎无法活动手指，走起路来，不发出金属的叮当叮当响才怪呢！如果你从她身边走过去的话，会闻到一股像从圣·特伦佐的理发店散发出来的那种香臭混合的怪味。你不管怎么看她，她都是趾高气扬的样子，边讲话边指手画脚，仿佛谁也没有资格跟她说话似的。

"谁都知道，二十年前她作为一家人的用人乘船去了南美洲的里奥格兰德①。据说，到那里，她嫁给了一位巴西老人。没过几年，丈夫去世，她成了没有孩子的寡妇。她继承了一笔遗产，成了当地的富婆，可惜丈夫的通情达理、文化素养和渊博的知识，她却一点儿都没有学到并继承下来。回到意大利后，她傲气十足，六亲不认，看不起昔日的伙伴，摆出一副贵妇人的架子。她假装忘掉了家乡的语言而说葡萄牙语，或说意大利化的葡萄牙语。她说了许多傻话，做了许多蠢事，简直让人笑掉大牙。她经常去教堂，可从未做过一件善事。她既不是女仆，也不是主人，又不是贵妇人。大家嘲笑她，戏谑地称她为'男爵夫人'。穷人用这个外号跟她打招呼时，寓意着冷嘲热讽；文化人叫她这个外号时，寓意着同情。可她还是说所有人的坏话，伺机报复、中伤人家。她不是生来就是这样的。她变成目前这个样子完全是出于保护自己和报复别人，首要的原因是她与社会格格不入。要是她穿得简朴一些，和文化素质与她旗鼓相当的卖鱼人以及海员的女儿们亲密相处，她肯定能得到所有人的爱和尊敬。她本来可以利用自己的钱把朋友和熟人聚集在周围。要是她这样做了，她既不会由于自己的傲慢而不被她的同一阶层的人所接受，也不会由于她的愚昧无知和缺少教养而被上层人士所唾弃。

"亲爱的恩利科，这个世界上与社会格格不入的人太多了。要是让这些不幸的人回归他们本来应处的位置上，抑或有自知之

---

①里奥格兰德，巴西一重要城市。

明安排自己的生活，他们总有一天会获得幸福的。

　　"事情比想象的还要困难，因为所有这些人都游离于社会边缘，他们对人类的幸福有着错误的理解。比如说他们全都认为，人爬得越高，感觉就越好，社会是分等级的，不同的社会地位好比错落有致的一级级台阶，不同的台阶，也就是不同的身份，代表着不同的幸福指数。越往上，幸福指数就越高。在这些人看来，穷人是不幸的，中产阶层的人刚刚接触到幸福的边缘，只有富人才是幸福的，越富越幸福，最富的人就是最幸福的人。所以，必须尽快致富，要不惜任何代价地去致富。即便某个人不是真正的富人，徒有个富人的虚名也是好的！只要用腿碰一下，用指头摸一下那个遍地是黄金的世界，就觉着三生有幸，在那个世界里，所有的人都是幸运儿，都过着幸福愉快的生活。

　　"他们的想象多么错位啊！他们的思维多么混乱啊！太令人失望了！不，不是这样，用一个看似准确的标尺来衡量人们的幸福程度是不真实的，幸福并不像我们想象得那样完美。其实，拿着锄头的人、操纵着车床的人，也是很幸福的人，拥有巨大财富的人中也有倒霉鬼。并不是在任何环境里、任何生活条件下都会收获快乐的，只有在一定的条件下才能享受生活的乐趣。这跟植物的生长一样，在同一气候、同一土壤的情况下，就不能同时种植松树、菠萝、柠檬和冷杉。

　　"举个例子，你想想，一个从不劳动的富人，他不可能体会到整天汗流浃背的樵夫的幸福。樵夫回家后，狼吞虎咽般与家人共进晚餐，享受着如同品尝美味佳肴的可口饭菜。他劳动了一整天，别人想象不到他晚上会睡得怎样香甜。

　　"根据我个人的经验，我可以肯定地告诉你，一个没有流过劳动汗水的人，他不可能具有认识整个世界的自觉性。劳动的汗水不仅能排除污染血液的毒素，而且也能排除灵魂中的毒素。这些毒素如同皮肤病的脓疮和疱疹弄得我们脸上无光、惹人讨厌、终日坐卧不安。劳动汗水收获的快乐难以形容，是健康、力量以及和谐的总和，给身体注入的是健康的内脏、健壮的肌肉和增大的肺活量。这种快乐永无止境，如同连续旋转的织布机，总是收获着健康的体魄、愉悦的精神、生活的乐趣。这种廉价的幸福是通过穷人的劳动获得的，所以，穷人比坐享其成的富人更为幸福，穷人不刻意去寻找幸福，反而获得了幸福，而富人总是去寻找幸福，并利用一切手段去追求幸福，反而常常得不到幸福。

"穷人和富人是人类经济发展的两个极端，而处在这两个极端中间的大多数人是幸福的，这些人都为自己打造了幸福的乐园。一般说来，楼房的一层比二层总是好的，也更安全可靠。坐下面的台阶比坐上面的台阶是更明智的选择。人生的阶梯也是如此，爬得越高越危险。总而言之，当第一个鞋匠总是合算的，即使是当第一个蹩脚的鞋匠也是好的。在某个事情上，当个先行者总是好的，一个人的尊严得到满足是幸福的，这种幸福感会使自己的周围变成一片快乐、满意和精神健康的海洋。恩利科，你看，每个人都可能在某个地点或某件事情上，成为一个先行者。任何人去占领别人已打造好的幸福乐园显然是不合时宜的，因为人家已履行了义务，做了符合时代要求、有利于当地的事情。

"不断磨砺自己，修正自我，所有的人都可能获得完美和幸福。只要每个人生活在大自然赋予的自己打造的安乐窝里，就可心安理得、知足无求了，而许多不幸的人，许多与社会格格不入的人不这样想。他们的希望，如同麻雀想生出猫头鹰，狐狸想挑战狮子一样，是一定要落空的。"

第十二章
庭园里的再次交谈·大地·柠檬树

过了几天，巴琪恰舅爷和恩利科又在庭园里谈天说地。庭园是这位老海员情有独钟的地方。可以说，他的整个一生几乎都是在大海上度过的。最近几年，他又一往情深地关注着大地。他大讲大地是万物之母，是人类最好的朋友。大地把我们搂在怀里，永远爱抚地紧紧拥抱我们。

他对恩利科说："在我写好的遗嘱里说：'我的遗骨要埋在泥土里。我希望我终生热爱的、每天都亲密抚摸的大地能接纳我，让我跟她水乳交融，要是你们不厌烦、不害怕的话，那么就把我埋在植物园里的那棵巨大的柠檬树下吧。'柠檬树是我最喜欢的树木。我亲手栽种了它，亲眼见它一天天茁壮成长，终于长成了参天大树。今天我们坐在芳香的树荫下好惬意哟！

"恩利科，热爱大地吧！你长大成人后，请用自己的双手多多种树。它们将比你的寿命长，将向你的子孙诉说过去的悠悠岁月，诉说你为栽培它们而付出的汗水和艰辛，你的子孙将享受树荫、鲜花和果实给他们带来的乐趣。你精心地修剪树木时，你的子孙将会在树叶和枝条中与你相会，你将为他们提供树荫这样的‘好朋友’。

"我崇拜大地，痛快地呼吸着她那沁人心脾的芳香。在大旱逞凶肆虐后，一场滂沱大雨浇湿了干渴的大地，林木发出神奇诱人的芬芳，轻柔地滋润着人们的心田，我享受着这一切。遇到下雨，我出门连伞都不打，为的是欣赏充满诗情画意的美景。那个时刻，我恍如参与了开天辟地的活动，上帝从此呼唤出植物世界，并移植到大地中来，各种动物也蜂拥而至。

"我热爱大地。我有时候拿着铁锹和锄头，会感到茫然不知所措，有时会赤手空拳地站在那里沉思良久。居住着众多人口的大地拥有说不完、道不尽的奥秘。她那许多不同的‘面貌’需要我们不断地去探索。大地是一部意味深长的书，是一篇产生灵感的史诗。我坐在大地上，感到她是一条鲜活的生命，仿佛听到蜿蜒在她底下的无数根系传递着的血脉跳动。我坐在大地上，抚摸着树叶和鲜花，觉得自己是离上帝最近的人，仿佛听到大地在说话，那是没有开口的絮絮细语，是全人类的共同默契。我引以为自豪地想，大地属于我，直到地心的整个大地都属于我。

"大地向我倾诉她的愿望、需求，甚至她的奇思怪想。我绝不能眼睁睁地看到她经受缺少水源和食物的折磨。没有什么比看到水像晶莹的珍珠泉那般浇灌大地，滋润其心田这样的事更让我开心的了。大地痛快地吮吸着清凉的水。她的干渴解除了，变得越发肥沃，接着她又供给翘首等待着自己的无数子女以吃喝。喝饱后的大地似乎膨胀起来，变得如同面团那样松软，我静悄悄地享受着这份快乐。

"我用铁锹深翻着土地，让泥土享受阳光，我对鲜花、叶和根系及它们一代又一代的历史了如指掌。死亡是永恒的，既代表着生命的结束，又代表着新生命的开始。这样循环往复，永无止境，生代替死，轮作休闲代替滥用地力，自然界的这一现象跟人类的历史完全一样。

"大地以她那博大的胸怀接纳万物，并使之净化、纯洁。结果，腐朽的东西变成养料，再转化为玫瑰花瓣和葡萄的茂盛枝叶，人类和动物排泄到大地上多少污物啊！大地却对所有的东西进行消毒灭菌。她如同一个清道夫那样来净化大气，而人类和动物在任何时候都可能受到污染空气的侵袭，甚至患上疾病。大地这种净化作用在有毒的化学污染领域显得尤为重要，这种化学污染就是另一种形式的道德污染，比空气污染更容易让人类感染上疾病，危害也更大。人和动物的排泄物通过大地变成了肥料，肥料又化成芬芳的东西，甜甜的汁液净化了空气。被喧嚣困扰的城市人和人口稠密地区的人们来到乡下，跟大地接触，会顿时感到神清气爽，就像久卧病榻的孩子遇到母亲的拥抱，会马上激起亲情的波涛，恢复青春的气息，鼓起生活的勇气。难道大地不是万物之母吗？妈妈的亲吻和抚爱可以使跌倒的人重新站立起来，可以治愈疾病，甚至可以让奄奄一息的人起死回生。

"恩利科，你知道吗？最近一次战争①法国惨败，特别是签订了屈辱的《色当和约》后，法国没有费什么力气就向德国支付了五十亿巨额赔款。法国支付这笔巨款而没有变成贫穷的国家，你知道这是为什么吗？因为法国人热爱他们的土地。狂妄的德国人可以控制像巴黎、马赛、里昂这样的大城市，但他们对绝大多数法国人生活的广大农村地区却无能为力。法国农民热爱祖国，有很高的觉悟，辛勤耕耘自有收获，他们的国家是不会被打败的。

① 最近一次战争，指 1870 年 7 月至 1871 年 5 月的普法战争（也叫德法战争），普鲁士打败法国，双方在法国签订和约。

　　"而我们一些意大利人就不是这样，上帝把星球上最美丽、最肥沃的一个地方赐给了我们，可有些人不够热爱意大利这块滋润我们灵魂的热土。许多世纪以来，这块大地为我们提供了面包和美酒。

　　"大海是勇敢的人和年轻人驰骋的场所，而大地是成熟的男人和周游世界已力不从心的老年人大显身手的地方。大地给我们带来身体健康，启发我们作诗的灵感，还给我们带来财富。让我们热爱大地吧，深情地去爱她吧！大地从不忘恩负义，总是以不知道多少倍的报答来补偿我们。她是这样的慷慨大方，是我们这颗行星上所有元素的守护神。

　　"恩利科，过来，过来，你也坐在我这棵柠檬树下。这棵巨大的树在我的植物园里是独一无二的，它给我赏了脸、争了光。你只要闻到它散发出的浓郁芬芳，难道不就等于呼吸到了带有一股甜丝丝味道的人世间的醉人幽香吗？

　　"在所有植物中，我喜欢柑橘类植物，而最喜欢这类植物中的柠檬。我爱柠檬，因为它是美丽的树种，又长得奇美挺秀，看上去很潇洒，充满着生机，香气袭人。柠檬树长得很慢，蕴藏着顽强的生命力，叶子常绿，新叶与老叶的交替也是缓慢的，即便是严冬，依然郁郁葱葱。它们的根、叶、花和果实都散发着浓香。不过，醉人的香气又不尽相同，幽香的叶子，浓郁扑鼻的花香，清香的果子。果子的汁液是所有植物酸味中最为令人回味无穷的。柠檬是果中的珍品。从某种意义上来说，柠檬是我们生活中的必需品。如果有人到热带国家去旅行，是品尝不到那种酸甜可口的柠檬的。那里有的是柠檬树，但鲜有口味好的。于是，他会一次又一次地不惜任何代价地去寻觅像产自地中海的那种香甜可口、极为鲜美的柠檬果。

"我喜欢柠檬还有另一层原因：它是一种稀有果树，一年四季都开花结果，有青果子和成熟的果子。它休闲的时间很短很短，而其他的果木休闲的时间太长太长，一年只开一次花，结一次果。柠檬树仿佛总是披着香气四溢的绿衣，不停地开花，不停地结果，像过节日那样生气勃勃，喜气洋洋。被称之为'吉利'的果木树的柠檬树跟当选的少数几个代表颇为相似。他们马不停蹄地日夜工作，商讨对策，变换手法终于赢得了选举。他们向你奉献的智慧之果，就如同柠檬树的枝头挂满不同季节的累累硕果，并将开出新花，结出新果。

"恩利科啊，在我来到这个世界之前，如果上帝问我'你愿意长得像什么样的树'的话，我会回答说：'我愿意长得像柠檬树。'

"有一种人很可怜，看上去就像一种树，只开一次花，结一次果。这就是只有春天开花，秋天结果。这种人好似半个人，很不景气，是人类社会的小兄小弟。

"人类的活动、劳作和艰辛跟树木结果的道理是一样的。人的成才，只有通过持之以恒的爱心和培养来实现，树的结果只有通过雨露的滋润来完成。对树的爱心叫栽培，对人的爱心叫教育，所谓'十年树木、百年树人'就是这个道理。推而广之就是要千方百计地让一粒种子变成一棵能结果的树木，要让一个软弱无力、咿呀学语的婴儿成长为自食其力的劳动者和利他主义者。你现在正值含苞待放的岁月年华，很快就要鲜花怒放了。我希望你能正常开花，正常结果。开花是结果的希望，一个人的理想则是成果之花。

"恩利科啊，你别担心自己的理想太多了，说真的，有些人一生中的许多理想并未实现，这就如同大丽花和绣球花只开花不结果一样，正如一个弓的弦必须有许多弦线组成一样，一个心智健全的人也必须有许多理想。对于每一个理想，他都必须用乳汁去滋润，用爱心去关怀。在植物界，并不是所有的花都会结果。你看，这棵柠檬树上的许多花，还没有来得及结果就早早地凋谢了，还有许多刚刚成形的幼果也掉落在地，这就是因为它们还没有具备使自己成熟的力量和能力。不过，即使是这样，它们的花瓣还是芳香的，这种情景就跟人类活动中的所谓'诗的希望'极为相似。

"我们每个人的心中都必须永远有一座希望的花园，尽管这花园里有许多不结果的花。这是希望与现实的完美融合，让我们陶醉于诗歌与现实浑然天成的意境中吧！

"在这座大花园里有枝头怒放的花朵，有生长缓慢的、还没有成熟的柠檬青果，也有可以采摘的、熟透了的果子，还有挂满枝头、格外醒目、刚刚成熟的果子。这些枝头为果子献出了爱心，供其营养、促其成长，还有既不绿又不黄的果子，它们将替代已采摘的果子。在同一棵柠檬树上，现实与诗意水乳交融。意蕴丰富的诗歌散发出希望的芳香，而绿色是正在变为现实的希望象征，经过培育而成熟的果子寓意着收获的喜悦，引以为荣的自豪感。从某种意义上说，跟柠檬树相似的人是永远不会衰老的，因为如果把人的生命比作柠檬树从开花到结果仅仅一个周期的话，那么，人类收获和值得回忆的将是青春年华的欣喜若狂，成年人的坚强与自信，以及老年人的心安理得。

"选择未来职业的理想就是一朵花，而且应该是美丽动人、分外娇艳的花，香气四溢的花。这花一定要在阳光下的一小时内开始绽放，还要在阳光下另一个小时内怒放，同时对空气和阳光怀有眷恋之情的花冠也要竞相开放。为我们的理想涂上金色的空气和阳光就是希望：先是开花，后是结果，则担心没有希望，别忧虑由于花冠早已零落而开不出花来。在万分焦急的等待中，我们倏地看到花梗上一朵朵花儿迎风摇曳，一个个理想在人生的树上大放异彩，这时候，我们的目光投向累累硕果，会高兴得心花怒放。

"柠檬树有着顽强的生命力，是结果最多的果树，然而，跟其他季节相比，春天是它开花最多的时期。对于我们人类来说，春天相当于一个人的青春年华，所以，我们必须利用这峥嵘岁月，怀抱更远大的理想，变得生龙活虎起来，增强自豪感，让我们变得坚强有力。中年人代表夏季，老年人代表秋季，他们的生命之花也应竞相开放。我们必须帮着一些生命之花离开人世。待我们的孩子长大成人了，我们就相当于前后必须分别凋零、干枯的树叶与枝头，并将永远长眠在人类社会大家庭这棵巨大的树木下。可树木永远不会死，因为它们的根深深扎入万物之母的大地中，它们的枝叶昂然耸立，天上地下融为一体，生命之树万古长青。"

恩利科禁不住问舅爷："亲爱的舅爷，看起来您不像一位船长，倒像位诗人！"

"哎哟，为什么不可以像个诗人呢？作诗不应该仅仅是诗人的特权。诗人中，有些人是诗歌的泰斗和掌门人。诗歌之花必须开在每个人的心上。拿锄头的人能，掌舵的人也能，而且必须成为诗人。称量自己物品的商人、开机床的工人能，而且也应该成为诗人。每个人应该既是工人又是诗人，工人为获得每天的面包而忙碌，诗人要把理想和感情之美酒斟入生命的酒盏中。"

第十三章
依皮西罗内的故事·加里波第^①的救命恩人

按照医生的嘱咐，恩利科还需要注意身体健康，所以他总是八点钟才起床。一天早晨，他五点半被叫醒，因为舅爷先前答应他要到提诺岛去游玩和钓鱼。

恩利科还觉得有点儿困乏，于是他把脑袋伸出窗外，只见一个微微驼背的老人，正在院子里的水池里汲水，浇灌柠檬树和其他柑橘类果树。老人把外衣、麦秆帽和手杖都放在矮矮的墙头上，清晨的微风吹乱了他那长而浓密的花白头发；他只管埋头干活，而无暇顾及他人。他的两只眼睛虽小，但目光敏锐明亮，鼻子、下巴和脸庞表露出作为一个男人所具有的刚毅和善良。他那张粗糙、和善的脸恰似一张地图，刻着大的小的，直的弯的，深的浅的皱纹，有的相互交错，有的排列成行，如同山川和村落被一一标示出来。看上去，他的形象酷似一位摩洛哥老人。

"那位在院子里给柠檬树浇水的老人是谁？我从没见过他

---

① 加里波第（1807—1882），意大利民族解放动动领袖，曾加入青年意大利党，参加了对奥地利的独立战争，领导罗马共和国保卫战，组织红衫军，解放西西里岛和那不勒斯。

呀！"恩利科问舅爷。

舅爷回答说："你每天总是起得很晚，所以从没见过他。他几乎每天早上都给花木浇水，我七点钟起来的时候，他早已回去了。他一直是早早地起床，一声不响地打开虚掩的篱笆门，浇完水后又静悄悄回他自己的家里。

"这位个子不高的老人可是个大好人呢！在意大利独立的历史上，他也应该占有一席之地。许多为加里波第书写传记的人都忘记了写这位老人，或者一笔带过。今天上午我们将迎着清凉的微风，乘着帆船到提诺岛去游玩，途中我将向你讲述这位老人的故事。"

过了半个小时，巴琪恰舅爷和恩利科坐在自家的小船上，扬帆向拉斯佩齐亚海湾的小岛驶去。老船长点起有五十多年历史的老烟斗，吧嗒吧嗒地抽起来。

"你今天早上在庭园里看到的那位老人是圣·特伦佐镇人，名字叫保罗·阿扎里尼。但是，在家乡他是以'依皮西罗内'这个名字而远近闻名的。在这里，所有的人都有自己的绰号。要是谁没有自己的绰号，在当地是行不通的，会被看成是一种耻辱。说起阿扎里尼的绰号来历还真让人哭笑不得呢。大概八十年前吧，当他在教会学校学习拼音，念到'X'时，不管神父如何教他，他怎么也发不出'icchese'这个音节来，而老是念成'ippese'。同学和老师开始嘲笑他，干脆给他起了个'ipsilonne'（依皮西罗内）的绰号，他听到这个绰号后，气得要命，还跟别人抢过拳头。有一次，有个同学的鼻子被他打坏了。要知道，小的时候，他的拳头就像拳击手那样厉害。他给我讲述这段起外号的经历时，边说边笑：'船长，那个时候叫我的绰号，我是很生气的。现在不同了，人家要是叫我原来的名字，我倒不高兴了。'

　　"依皮西罗内一直是捕鱼能手。从记事起，他的祖先就以捕鱼为生，他祖父朱里亚诺活到九十五岁，父亲活到九十三岁。谈到自己的家族史时，他对我说：'我出生后，上帝于一八一七年把我的祖父朱里亚诺带走了，后来，上帝又来我家一次，父亲刚刚过了九十三岁生日，像一个熟透了的果子，又被上帝摘走了。时至今日，上帝再没有来过我家。我希望上帝有一天从我家把我也像成熟了的果子那样摘走。'阿扎里尼是带着忧伤的笑容说这些话的。

　　"依皮西罗内今年八十四岁。去年，他独自一人驾船扬帆迎着清凉的微风还到过拉斯佩齐亚一次呢。现在只有天气好，风平浪静时，妻子才准许他一个人上船。

　　"你怎能相信，在地中海沿岸的每一个地方都可以找到像他这样一位可怜的矮小渔民，还曾有幸地搭救过加里波第的生命呢。要是没有他，意大利的历史也许要重写。

　　"奥地利人攻陷罗马后，要是加里波第被敌人捉住送入监狱的话，他肯定会被处决。没有加里波第，波旁王朝①也许至今还会稳坐在那不勒斯王位上。

　　"恩利科，你如果读过果尔佐尼先生和玛丽奥女士分别撰写的两部加里波第传记，一定会了解到加里波第离开罗马时所经历的千辛万苦和不幸遭遇。在这里，我不准备向你重复你早已知道的事情或在很多书中叙述的那些内容，现在，我只想把阿扎里尼如何搭救加里波第的故事告诉你。

　　"奥地利人四处搜捕加里波第将军。警察、侦探和军队也倾

---

　　①波旁王朝，波旁家庭在法国（1589—1592；1814—1815；1815—1830），西班牙（1700—1808；1814—1868；1874—1893）和那不勒斯（1735—1805；1815—1860）建立的王朝。

巢出动，紧锣密鼓地追捕他。他时而扮作农夫，时而扮作海员，时而扮作平民百姓，在勇敢的爱国者的保护下，东躲西藏，多次死里逃生。他在别人的家里或在人家的别墅里，有时待几天，有时只待几个小时。他就是这样不断改变隐匿地来逃避警察追捕的。奥地利军队占领托斯卡纳后，加里波第将军从那里逃出来回到皮埃露特——意大利自由和独立的唯一坚强堡垒——是很困难的。

"在加里波第逃匿中，塞拉菲尼、朱里奥、里卡尔托·拉皮尼、比亚乔奥·塞利、多梅尼科·维则拉和吉罗拉莫·马尔提尼曾冒着生命危险把将军从圣·达尔马齐奥护送到果尔菲的别墅，然后交给阿扎里尼，再由阿扎里尼把将军护送到维纳斯港。

"这样，加里波第将军一直隐藏在托斯卡纳沿海的沼泽地带，为了活命，他必须在没有任何人发现、没有任何人追捕的情况下乘船离开。他历尽千辛万苦，最后终于在利古里亚海岸下船上岸。

"为了达到这个目的，果尔菲来到福罗尼卡，结识了当地一位叫彼得·伽吉奥里的旅店老板——一位真正通情达理的人，并跟他进行了推心置腹的交谈。老板被委以重任，他必须找到一只小船，把加里波第送到皮埃蒙特。

"伽吉奥里没有丝毫怠慢，立即行动起来。他当天就来到皮翁比诺，从那里乘船通过皮翁比诺海峡，到达厄尔巴岛。然后又来到城堡角（属于里奥镇），依皮西罗内跟老父亲和其他水手正在那里捕鱼。当时捕鱼是一项可以赚大钱的产业。'圣母玛利亚·阿列娜号'渔船撒下的网足有一千六百至一千七百码长，鱼被运到费拉约港，在福罗尼卡和里窝那①出售。

"伽吉奥里了解到依皮西罗内是真正的男子汉。他胆识过人，

---

① 福罗尼卡和里窝那，均为意大利地名。

力大无穷，简直可以把船锚折弯，又酷爱自由。于是对他说：'依皮西罗内，你必须救一救加里波第。'

"'好的，可如何做呢？将军不是在托斯卡纳吗？'

"'是的，可那里是沼泽地，军队和警察到处搜捕他。如何把将军安然无恙地转移到海岸，这是我们的事情，其他的事情由你来办。我们将在福罗尼卡或其附近地区，先把将军交给你，然后你再把他护送到皮埃蒙特。'

"'好吧，后天是星期日，到时我会到福罗尼卡去的。'

"'拜托你了。'伽吉奥里说完就回到岸上。

"为了以更好的方式圆满地完成这个非同寻常的任务，依皮西罗内独自一人冥思苦想了好几个小时。在他看来，福罗尼卡在星期日没有渔市，要是那一天去，会引起别人的怀疑，于是改在星期六动身。从城堡角到福罗尼卡的路程可不算短，足有二十五海里呢。

"下了船。依皮西罗内马不停蹄地去拜访城堡角的中尉级行政长官。在那个时代，这位长官就是港口的'一家之长'，代表地方当局主持政治和海事工作。依皮西罗内对行政长官说，这次来的目的是要跟福罗尼卡的某人签订一个每周卖三次新鲜鱼的合同。

"行政长官听了后高兴地说：'好样儿的依皮西罗内，你给我们带来的消息太好了！'他俩又谈到了政治。依皮西罗内问：'长官先生，加里波第逃到了威尼斯，您知道吗？'

"'不知道！不知道！骑兵中尉刚刚路过这里。他要我严密监视这几天的过往船只，因为加里波第在这一带活动频繁。这一点，他特别叮嘱我严守秘密。'

"'真的吗？那就太糟糕了！'

"这样，依皮西罗内一下子从渔民变成了外交官。他给彼得·伽吉奥里（就是那个跟将军的朋友一起策划帮将军逃跑的人）寄了一张字条，上面写着：要是想签订贩鱼合同，请明天速到福罗尼卡来。

"伽吉奥里于星期天来到福罗尼卡，装作在海滩消遣游玩的样子，跟依皮西罗内一起勘察海岸，以便找到一个实施登陆的最好落脚点。

"深夜，他俩乘马车来到果尔菲的绵羊别墅，跟即将也应该如约到达这里的将军会合。

"可怜的依皮西罗内饿坏了，只等着晚上大吃一顿，可伽吉奥里对他说：'保罗，你听我说，你应该少吃些，因为老想大吃大喝的人，他什么才干都增长不了，只能消磨自己的志气。今天夜里或明天，你身负重任，可不能误了大事！'

"当阿扎里尼回忆发生在当天夜间和第二天这桩事的全部细节时，就好像天天在讲述那娓娓动听的故事那样激动不已，仿佛他的命就悬于一线之中。

"他耸耸肩膀，忍了又忍地说：'好吧，我少吃些就是了。'

"事实上，他晚饭只吃了一个煮鸡蛋，一片面包，喝了一杯葡萄酒。

"依皮西罗内还记得住在别墅里的那些人给他留下的可怕印象。有的脸色蜡黄，有的脸色发青，有的因为高烧不退而发抖，有的腹部肿胀得如同一只木桶。别墅坐落在沼泽地一个传染病最流行的乡村，那里靠近斯卡利诺池塘，杂草丛生，当时正值八月骄阳似火的最后几天、蚊虫滋生、疾病肆虐。

"大家整夜都处于高度戒备状态。听到嗒嗒的马蹄声，大家都以为是加里波第来了。出门一看，没见什么人，只是一匹匹战马在飞快地东奔西跑，也许是受到狼群的追赶而惊吓得在四

处乱窜。

"第二天上午，加里波第在上尉列杰洛的陪伴下到达。一只脚受伤的列杰洛上尉忍着伤痛从未离开过将军一步，一直把将军护送到皮埃蒙特。

"过了一会儿，依皮西罗内被召到别墅客厅，当时将军一身夏季便装，周围是很多全副武装的青年人。

"将军的脸上始终挂着微笑，温柔之中带着刚毅和威严。他走到依皮西罗内跟前开口问道：'您就是"圣母玛利亚·阿列娜号"的船主吗？'

"'是的，阁下。'

"'别叫我阁下，叫我加里波第或者将军都可以。'

"'好的，将军。'

"'你是哪里人？'

"'我是圣·特伦佐人。'

"'好啊，那我们还是同乡呢！你带钱了吗？'

"'是的，将军，带了 300 至 350 法郎。'

"'现在可以出发了，你准备好了吗？'

"'准备好了，阁下，不，将军！我昨天晚上就来到了这里。今天晚上我们出发，白天不行，白天容易被人发现。'

"'怎么走呢？'

"'今天晚上乘船出发。您先沿着海滨徒步朝卡拉·马尔提纳的方向走，到了那里，您会看到漂浮在海上的伪造的渔网，您就向这个标记走，我就待在附近不远的地方。'

"当天，依皮西罗内从九点到十点捕了一个小时的鱼，然后放下浮渔网，等候将军的大驾光临。

"将军并非孤立无援。除了贴身保镖列杰洛，还有三四十位全副武装、血气方刚的爱国者陪伴左右。他们发誓，宁可肝脑涂地，也不让将军落入奥地利和雇佣军的魔爪之中。将军自己也暗自发誓，绝不能活着落入敌手，而要战死疆场……意大利的历史绝不能改写。

"那天夜里，意大利上空的星辰比任何时候都清澈光亮。等加里波第和列杰洛上尉上了船，那些可歌可泣的爱国者振臂高呼道：'将军万岁！'

"清爽的东风吹拂着海面，'圣母玛利亚·阿列娜号'船第二天早晨安全抵达厄尔巴岛的城堡角。

"坡堡角的长官斯佩古斯和他的助手二等兵列奥琪诺是依皮西罗内的朋友。依皮西罗内下了船，马上就去拜访他们。在没有核准乘船人数是否真的符合登记在册的人员名单的情况下，城堡角的长官便允许'圣母玛利亚·阿列娜号'船停泊靠岸。以防万一，依皮西罗内事先把老父亲和另一名船员留在了海滩，以避免由于船上增加了加里波第和列杰洛上尉与海员实际人数不符的情况。

"加里波第还下船待了一会儿。船上原来就存有大量腌鱼，他们又买了面包和葡萄酒，补足了给养，然后准备起航。

"'圣母玛利亚·阿列娜号'早上七点左右出发，开始了意大利历史上的幸运之旅。依皮西罗内担心游弋在附近海域的敌船'吉里奥号'追赶，所以一直控制着船航行在离陆地四五十海里的海面上，乘着顺势的西风向卡波拉亚前进。他们星期二顺利到达与里窝那咫尺相望的卡波拉亚。

"'将军，现在怎么办？'依皮西罗内问。

"'我完全信任你们，既然现在我跟你们在一起，一切都听您的安排。'将军回答说。

　　"'我相信，船停泊在里窝那港是最佳的选择，因为我担心敌船"吉里奥号"的追击。这里的港外正停泊着一艘美国护卫舰。"吉里奥号"一旦出现，我会马上把您转移到那艘美国舰上去，美国人肯定会张开双臂欢迎您的，这一点，我深信不疑。要是"吉里奥号"没有出现，我们就夜间出发，以免被敌方发现。'

　　"于是，加里波第将军及其保镖列杰洛上尉在 1849 年 9 月 5 日下午三点安全抵达维纳斯港。这一天是意大利自由和文明史上值得纪念的吉祥日子。

　　"加里波第又是拥抱又是亲吻依皮西罗内，还从衣兜里拿出来十多枚金币送给依皮西罗内，这是将军仅有的一点儿钱了。

　　"'我只有这些钱了，也算是对您深深的谢意吧。'将军说。

　　"'将军，别这样，您要保存好这些钱，将来您有用得着它的时候。'

　　"'好的，我给您留下一张纸条吧。看到这张纸条，您就会回忆起您为我付出的一切。'

　　"我曾在依皮西罗内那里看到这张年代久远而已经发黄的纸条，并把上面的话写在我的记录本上。恩利科啊，你看，这就是加里波第用正字法写在那张纸条上的内容：

　　　　幸运之神让我在德国人占领的意大利土地上结识了船主保罗·阿扎里尼，是他把我送到了这座救命的'安全岛'上，他以毫无自私之心的精神对我真诚相待。

　　　　　　　　　　　　　　　　　　　朱塞佩·加里波第
　　　　　　　　　　　　　　　　　　　1849.9.5 维纳斯港

"这张纸条是对依皮西罗内的唯一奖赏。在热那亚，有人出资 600 里拉购买这份亲笔题词，都被依皮西罗内回绝。这张纸条是他这个高贵杰出家庭的象征，他应该把纸条作为宝贵遗产一代又一代传给他的子孙。

"恩利科，除了纸条，你知道对依皮西罗内完成这一伟业的最大奖赏是什么吗？

"在'圣母玛利亚·阿列娜号'船上，加里波第，这位卡普雷拉岛 ① 的英雄吃到了依皮西罗内腌制的美味鲂鲱和鲥鱼，这是留给依皮西罗内最美好的纪念，最高的奖赏。

"依皮西罗内腌制的鱼，如同鳕鱼干那样让人垂涎欲滴。他请将军对自己的烹饪技术做出评价时，将军回答说：'太好吃啦！'"依皮西罗内收获的不仅仅是勇敢、智慧和远见卓识，还收获了苦果。由于他救了加里波第，他再也无法到厄尔巴岛、托斯卡纳地区捕鱼去了，再也不能在著名的沼泽地'玛列玛'一带下网捕鱼捉虾了。他陷入了极端贫穷的境地，后来，他的父亲和一名海员又被人抓走当人质，过了很久才释放回家。

"依皮西罗内本来蒸蒸日上的捕捞产业江河日下，他作为一个可怜的老船工艰难度日，最后，仅剩下了一条小渔船。时至今日，这条小渔船还写着这样的话：1849 年 9 月 5 日，加里波第的救命恩人。仅仅几个字，一个日期，然而，多少故事啊！多么光荣啊！

"依皮西罗内从不居功自傲，从没有向意大利政府伸手要过什么犒赏。当他去福拉斯卡提拜访还健在的加里波第时，也从未提起过救济的事。

"我见这个不幸的老人身体日益衰弱，手臂划起桨来，变得

---

① 卡普雷拉岛，加里波第避难之地，他于 1882 年在该岛去世。

十分费劲吃力，不得不从自己的孩子那里接受救助时，我请求德波列提斯①给予救济。去年圣诞节，他收到了三百里拉的救济金。德波列提斯去世后，我又请求克里斯皮②继续这项善行，救济金最终变成了这位伟大爱国者的养老金。

"恩利科，我的故事还没讲完呢。依皮西罗内为什么每天到我家浇我的花和柠檬树？我应该向你解释。我并没有要求他这样做，是他自觉自愿来的，完全出于对我本人的美好感情，借此感激我为他做过的那一点儿好事，他请我让他在我的院子里浇浇花、浇浇树来度过老年的美好时光。

"开始的时候，我并不愿意他这样做，但是我很快发现，如果拒绝他，将给他带来很大痛苦。我终于接受了他的请求。他高兴地对我说：'船长，您就放心吧，劳动是我早已养成的习惯。眼下，我不能划桨出船了，可浇花、锄地我还是个行家里手呢。您就放心地让我做吧，我乐于干这种活，千万别拒绝我的一番好意哟！'

"这样，他就干了起来，一干就是二十年！我多么希望每天早上都能见到他弯着身子，手执我用过的喷壶浇花浇树啊！他想用这种认真的态度来表达对我的感激之情，这跟他的性格是相吻合的。即便一位不幸的渔民，也应该有尊严的生活，谁阻挠他按自己的生活方式满足其愿望，那将是残忍和无礼的行为。"

---

① 德波列提斯（1813—1881），从 1876 年起担任意大利首相。

② 克里斯皮（1819—1901），意大利首相。

第十四章
礁石周围的搏斗·忘恩负义者

为了让恩利科尽快恢复身体健康，舅爷叮嘱他要尽可能多吹一些清新凉爽的海风。为了做到这一点，舅爷常带着他划船出海。船儿在一阵阵爽神的微风荡漾。舅爷还教他如何使用钓鱼竿，如何站好坐稳，最大限度地近距离接触有咸味的海浪。

老船长为外孙子专门制作了一副适合小孩子使用、小巧玲珑的钓鱼竿，教他如何根据鱼种的不同而适时调换饵料。比如鲻鱼和金鲷鱼用的食料以面团为主，再加些面包屑和奶酪；鲈鱼及其他的礁石类鱼种用蚯蚓和类似生活在蜂箱里的蜜蜂蠕虫做饵料。

有一天，恩利科独自一个人坐在礁石上钓鱼。这时海水突然掀起汹涌的波涛，开始变得浑浊，幸运的是他这时已经钓到了几条鲻鱼和两三条金鲷鱼，已经把这些放射出银灰色光芒的鱼放进了鱼篓里。恩利科对钓鱼一直有着难以割舍的爱好。他一心一意钓鱼时，会目不转睛地看着鱼漂是不是由于一条鱼咬着饵料而下沉，岸上的喧闹声他根本听不见。

此时他背后的喧闹声越来越大，翻腾着的海浪咆哮着不断扑向岸边，冲击着岿然不动的高大岩石。巨浪轰鸣，专心致志钓鱼的恩利科没有听清楚人们在叫嚷着什么。

但那嘈杂的声浪终于引起了他的注意。他仔细一听，好像是两种不同的声浪重叠在一起，发出不和谐的刺耳声。

实际上，嘈杂声是孩子们的大喊大叫，更确切地说，是哭声和号叫交织在一起，如同大海的波涛此起彼伏。在海浪拍打海岸的短暂间歇中，可以隐隐约约听到一个与大喊大叫不同的声音。这是一个孩子哀伤的唏嘘声。看来，是这哭声引起了别人的大笑和号叫，因为哭声越高，那些可恶的笑声就越放肆。

恩利科回头一看，原来是残疾小孩多梅尼钦在哭！一群聚集在圣·特伦佐广场周围，穿着破衣烂衫，光着脚丫子的顽童正在轮番折磨他。

多梅尼钦是个十二岁的可怜孩子。他生下来就是残疾儿，好像是作为一个灾星降到人世间的。三四岁的时候，父母对他的最好祝愿就是盼着他早死，父母是大声或当着他的面说出这些诅咒的。父母是出于怜悯之心，才希望这个孩子尽快死去，因为在他们看来，孩子活着对他自己、对别人都是无益的。

当这个可怜的孩子刚刚懂事的时候，他发现爸爸妈妈不喜欢自己，并且所有其他人都嘲笑他，但他始终不明白为什么人人讨厌他，也不明白人们为什么这样恶毒地对待他。他看别的孩子受到父母的抚爱或由于讨人喜欢而受到邻居的亲吻时，他只能伤心得暗自落泪。

父母仅给他一点儿够活命的东西吃。他一直吃的是别人的残羹剩饭，什么抽屉里的发霉面包皮呀，腐烂的鱼呀，变了味的无花果呀。他的衣服是破布片拼凑起来的。破衣烂衫上的补丁五花八门，弄得他成了越来越多人的笑柄，他跟邻居家的孩子吵架或打架时，补丁往往被撕扯下来，整条胳膊露了出来，谁也没有想到帮他缝补一下。他的衣服上满是漏洞，总是裸露着肉体。不管谁看到这个可怜孩子的狼狈相，都会耻笑一番。

有一天，他爸爸妈妈从圣·特伦佐镇突然消失了，于是这样一个天生的畸形儿就被残忍地永远遗弃了。据说，为了到美洲去寻找幸福，父母早有将他遗弃的想法。后来姑妈收留了他，当然，姑妈没有他自己的亲生父母那样残忍。

不管怎么说，多梅尼钦对父母的离去还是打心眼里高兴的。姑妈不打骂他，不虐待他，也不盼着他早死！而当他帮助姑妈买东西路过广场时，换来的却是持续不断的嘲笑，更加厉害的捉弄。

难道那帮坏孩子知道他父母不在就欺负他吗？也许是因为他长得越来越大，身体变了形，走路的样子也越来越成为人们的笑柄！这个我不知道说什么好，但我清楚地知道可怜的多梅尼钦刚一露面，坏孩子们总是追在他身后，大声喊着："螃蟹来啦！螃蟹来啦！快来捉蟹呀！"他身子向前倾斜，还真像一只螃蟹！他走起路来歪歪扭扭的，活像一堆散了架的骨头在移动。他像螃蟹横斜着往前走，那晃动的胳膊又像跳跃着的虾腿，那种样子实在滑稽可笑。

听到别的孩子大声嘲笑自己，多梅尼钦满脸通红，痛苦不堪，只是一个劲地赶快走开、跑掉。可跑得越快，那步伐就越不协调，那模样就越让人觉得可笑。

那帮孩子们真够可恶的，他们把多梅尼钦当成任人宰割的牲畜，他们将他拦在街头，围得严严实实的，如同街上卖艺的人被人取乐、逗笑。这个时候，他通常不是失声痛哭，就是伤心得暗自落泪。直到一位路过广场的善良海员用他那钢铁般的拳头打开小混混们的包围圈，把他从折磨中解救出来。

恩利科从不去瞧这种热闹，这次他却禁不住朝广场那边望了一眼，看到了多梅尼钦被围观受折磨的情景。他想去制止那些怀有恶意的坏孩子们的行为。

跟往常一样，这次多梅尼钦也受到了顽童们的围拦。一伙少年混混正在辱骂、讥笑他，他们想尽一切办法拿多梅尼钦那种不知所措的样子寻乐开心。

这次多梅尼钦并不像往常那样忍气吞声了，而是奋起反抗折磨他的孩子们。他从地上捡起块石头威胁说，要是不让他安宁，他就砸向他们。一个大一点儿的孩子扑向多梅尼钦，把他摔在地上。

可怜的多梅尼钦倒了下去，那个大孩子压在他身上。

看到眼前的一幕，恩利科实在忍无可忍。他把钓鱼竿放到礁石上迅速跑向广场。他冲破包围圈，冷不防地扑向那个用膝盖顶着多梅尼钦的大孩子。这时多梅尼钦正拼命反抗压在他身上的大孩子，但是无济于事。

"坏蛋！坏蛋！"恩利科大喝一声，"放开他，放开他！"同时，拳头重重地打在那个坏孩子的肩上。

所有的小混混都来帮助被打的坏孩子，径直扑向恩利科。他们一起高喊："上！上！狠打这位少爷！"

恩利科竭尽全力想摆脱对手，可毕竟寡不敌众。他们一阵猛打，恩利科终于被打倒在地。

多梅尼钦趁着混乱跑走了。不，是趁着恩利科跟那帮坏孩子扭打在一起的时候，钻了个空子跑回了姑妈家。

被打倒在地的恩利科翻过身来，只狠狠一拳，便打得一个小混混落荒而逃。恩利科憋足了劲，猛地站起身，一个小混混被打得鼻青脸肿跑掉了，可又有一个扑上来，恩利科毕竟只有一个人，这时他感觉体力渐渐不支，招架不住对方的猛攻，看起来，他只能认输了。

三四个小混混一起把恩利科压在身下。奋力反抗中，恩利科的脑袋碰在一块尖尖的石头上，也就是那块多梅尼钦刚才捡起来吓唬坏孩子们的石头。他的额头被撞出一个很深很长的口子，鲜血顿时汩汩流了出来。

大人们从四面八方赶来劝架，小混混们看到恩利科的额头血流如注，觉得惹了大祸，纷纷在惊慌不安中，沿着街头跑掉了。恩利科一个人躺在那里，眼睛里面因流进从额头上下来的血而睁不开。

不大一会儿，药剂师和医生都赶来了。他们为恩利科洗净伤口。经过仔细检查，恩利科没有伤到要害部位，只是血管破了，流了不少血。

医生给恩利科包上纱布，血流停止了，然后恩利科在医生的指导下服了药。恩利科爽快地对医生说："没事了！没事了！千万别告诉我舅爷，免得他担惊受怕。伤口包扎好了，血不流了，我会亲口告诉他事发经过的。我去钓鱼可以吗？"

"不行！"医生肯定地回答说，"现在风很大，又冷飕飕的，在这种情况下，伤口很容易感染，我陪你回家吧。"

"亲爱的医生，谢谢您啦！我还是一个人回家吧。您陪我回家，我的前额包着纱布，舅爷会惊恐不安的！"

恩利科一个人到礁石上收起鱼竿、鱼饵和装着鲻鱼及金鲷鱼的鱼篓，从容、平静地回到舅爷家，仿佛什么也没有发生过一样。

这时舅爷正好从院子里出来，向广场这边走来，他想看看恩利科钓鱼的情况。

恩利科的草帽几乎盖住了他的眼睛，他觉得前额上的白纱布看着也不是很明显。但是他的头似乎变大了，帽子也没有遮好包扎在前额的纱布。舅爷定睛一看，原来恩利科额头上包着一块白纱布，禁不住连声问："恩利科，你怎么了？怎么了？"

"我摔在一块尖尖的岩石上，碰破了额头上的一层皮！"恩利科回答。

恩利科并没有撒谎，可也没完全讲真话。恩利科是个诚实的孩子，从没说过假话。现在只说了一半真话，觉得舌头也不听使唤了，嘴巴也张不开了。他满脸通红，声音发抖，前言不搭后语。

舅爷说："恩利科，不对！你没有完全说实话……绷带包扎得很专业，你一定是受了重伤，医生才会给你包扎成这样的……"舅爷说着，禁不住怒气涌上心头，皱了皱眉头说："恩利科，不对！不对！一定是有人把你打成了重伤……那些小魔鬼们……你回家去吧！我去打听一下情况马上就回来。有人打伤了你，可你没有跟我说，我想知道并且也应该知道到底是谁干的，要是让我查明情况，我非好好教训那些家伙一顿不可。"

舅爷从药剂师那里了解到事情的全部真相后，被恩利科的勇敢深深地打动。恩利科奋不顾身地扑向圣·特伦佐镇的坏孩子们，把多梅尼钦从比他力气大十倍的一个小混混的手中解救出来，真是了不起的举动。

巴琪恰舅爷的怒火犹如一座火山顷刻间爆发。可转眼间，怒气又消了，怜悯之心油然而生，变得温柔起来，隐藏在浓眉间的双眼仿佛火苗熊熊燃烧，两滴晶莹的泪珠闪烁着，并顺着两颊扑簌扑簌掉下来。他觉得自己有些失态，马上用右手背擦干眼泪，只是连声自言自语道："了不起的恩利科！可怜的恩利科！"

舅爷匆忙赶回家。这时恩利科正在自己的房间里，怀着好奇心，对着镜子看纱布包扎的伤口。从纱布渗出来的殷红血迹，他足足看了几分钟。舅爷在房间里见到了恩利科。像旋转着的陀螺那样，舅爷抱起恩利科转了一圈又一圈，还不停地亲吻他。看到纱布上的血渍，舅爷毫不犹豫地将嘴贴上去，好像要把那血迹吸干净似的。

舅爷高兴得难以形容，达到近乎失态的地步，而恩利科从没有感到过这样幸福。他觉得自己受到如此狂热的抚爱，得到这么多美好的称赞是当之无愧的。

舅爷激动地说："恩利科，你看，这血就是你的第二次洗礼。经过神父的第一次洗礼，你成了一名天主教徒。这次洗礼是你成人的标志。我希望这个小小的伤疤能够永远留在你的额头上，算作纪念，即使将来你长了胡子，胡子变白了这也是你孩提时代高尚行为和舍己救人的标志。"

"舅爷，这只不过是我应尽的义务。"恩利科回答说。

舅爷接着说："是的，你做了自己应做的事情，你是冒着危险去做的，面对比你强大的人，你毫不畏惧。你没有把对手放在眼里，你猛扑过去，保护了弱者，制服了强者。你小时候能这么做，长大后也能这么做。这一例证充分说明，人应该勇敢地去应付各种挑战，别压抑良心的召唤。当我们准备去完成一项崇高的事业，或者去做出某种牺牲时，我们绝不能总是考虑、估计失败的可能或权衡利与弊，否则，人类将面临灾难。要是这种情况发生了，将不会有任何英雄业绩留在世界历史的长河中，而这种高尚精神是应该永垂不朽的，值得永远纪念的。"

仅仅过了几天，恩利科的伤口就痊愈了，可额头上却留下了一个很小的伤疤，乍一看，并没有给人不好看的感觉，倒像舅爷说的，是他高尚情操的标志，是个美好的纪念。

恩利科的伤好了，但舅爷关于这件事的话题远没有结束，他以抱歉的口吻，跟恩利科继续攀谈起来："恩利科，你要知道，老人都是爱讲话的人，都是训诫者。你爱我，所以，我与你的闲谈和对你的说教并没有引起你的反感。你奋不顾身地去搭救多梅尼钦的故事，完全可以写成一部书。

"要是所有的人在自己的一生中都能自觉地为他人主持公道的话，我相信，这个社会将会很好地健康发展，将不会再有那么多的宪兵，那么多的警察，那么多的法官，那么多的民事法庭，那么多的上诉法院。

"恩利科呀，乍一看，我好像是个玩世不恭者，其实我不是，我比任何人都尊重法律和各级政府，赞成现代文明。现代文明禁止人们相互报复，主张用法律通过法庭解决问题。为所有人利益服务的法律是伸张正义的，这样的法律是最公道的。个人在实施报复他人时，往往是不择手段的，它超越了法律所允许的范畴。

"非常不幸的是，一些人往往滥用权势去剥夺他人的权利，使他人成为无所作为的人或者宿命论者。为了避免违法事件屡屡发生，我们必须保护弱者，严惩滥用权势的人。要做到没有宪兵、没有警察，说得好听一点儿，那就是我们每个人都必须成为法官，为我们自己和他人维权，洗雪冤屈。

"然而，无可奈何地耸耸肩，任别人去说去做……是大多数人的处世哲学。

"现在我还记得多年前发生在热那亚的一件事。当时，一群人做完弥撒正从圣母玛利亚教堂走出来。我站在人行道上望着打扮得花枝招展、雍容华贵的漂亮太太们。

"就在我的眼皮底下，我亲眼看到一位打扮成工人模样的人，鬼鬼祟祟地绕到一个男士后面，拿走了他露在大衣兜外面的围巾，装进了自己的衣袋里。男士并未发现被盗，而小偷却匆忙穿过街道，向相反的方向走去，混进了茫茫人海中。

"我附近的另一位男子始终窥视着小偷的一举一动。他笑嘻嘻地望着我，有点儿得意地说：'你看到了，这太有意思了！'我回答说：'对啊，我看到了，可我要去抓住这个小偷！'男子说：'啊，任他去吧！他偷东西的动作很优雅，值得奖励。被偷者可能是一个有钱的男士。围巾多漂亮啊！'

"我没有再跟眼前的这位男子说任何话，而是蔑视地望了他一眼。我一直盯着那个小偷，紧紧跟着他，然后从背后掐住了他的脖子，让他把偷的围巾老老实实拿出来。我像警察和法官那样，把围巾归还给失主，然后，将小偷交给街头巡逻的宪兵。

"我只做了我应该做的事情。我相信，很多人都不会像我这样地去抓小偷。这些人回到家里，往往眉飞色舞地向家人讲起小偷如何精明，动作如何干脆利索，拿这件事取乐开心。

"我们能够，而且应该坚持不懈地主持公道，呵护因受到诬告而蒙受不白之冤的无辜者；对不怀好意的人要口诛笔伐，嗤之以鼻。事不关己、高高挂起的做法，或者耸耸肩，说什么有执法部门，有法庭，应由他们管，跟我无关……统统是懦夫的表现，是不配做一个公民的行为。发生在我们周围的形形色色的事情可能与个人没有直接的利害关系，但一定会对整个社会有积极的或消极的影响，因此，正义的事我们应该永远做下去，抛开人情世故，毫不保留、无所畏惧地做下去，不应有丝毫的犹豫。

"有一次我坐火车旅行，听到一位乘客抱怨铁路员工服务态度极差，我说：'每个火车站都有意见簿，那你为什么不把自己的意见写上去呢？铁路员工的上司并不了解下面发生的事情，他们不可能知道所有存在的问题。你把意见反映上去，是做了一件对大家都有益的好事，你在火车上抱怨，回到家里还是抱怨，你的抱怨毫无用处。你把在任何地方看到的问题写出自己的意见和建议，这也是你对铁路部门改进服务态度所做的贡献呀！'由于懒惰，和对任何事情都持怀疑态度，我们的一些同胞总爱这样说：让人去说吧，让别人去做吧。这就雄辩地证明，这些人对任何事情都不感兴趣，他们办事疲沓，性格优柔寡断。一个伟大的民族应该是这样的：政府和司法机关做很少的事，民众做大量的事，在这样的国家里个人就是一切，中央政府的权力最小。"

巴琪恰舅爷继续说："你最近奋不顾身地把多梅尼钦从小混混们的魔爪中搭救出来的英雄行为使我想起多年前发生的一次类似事件。那时，我还是个小伙子，跟伯父乘坐他的'玛利亚·三女神号'小帆船在那不勒斯上岸观光。我跟伯父来到托列多大街散步。街上游人如织，人们只能在两排小马车中间的夹缝中你推我搡，沿着人行道缓步而行，边走边看鳞次栉比的商店。突然间，不尽的人流被眼前的一幕挡住了，于是大家驻足观看，交通变得更加拥挤。

"那个场面既耐人寻味，又警戒世人。我看到一个光着脑袋、袒胸露臂、长得健壮的小伙子正在殴打一个小男孩。那个小伙子抓着小男孩的肩膀，使劲将他摔在地上，一边狠打一边骂出难以启齿的话。小男孩很瘦弱，个子比小伙子矮得多，但非常勇敢。他奇迹般地站起来，猛地反扑过去，顽强抗争，竟转败为胜。可谁都心里明白，这种力量悬殊的搏斗只能维持短短的几分钟，小男孩将很快再次被打倒在石板路上。围观的人拼命往前挤，好奇地'欣赏'着这绝妙的闹剧。很多人放声大笑，一些人兴致勃勃地喊着，居然莫名其妙地发出'好哇！了不起'的喝彩声，可两个搏斗者谁好，谁了不起，只有鬼才知道！人们只管瞎起哄看热闹，没有任何人哪怕说句话，动一动手，把他俩劝开，让这场力量不等的打斗结束。

"那种场面让我感到恐惧，但人们的冷漠无情更让我憎恶。我低着头，猫着腰，奋不顾身地冲上去，突然像一堵墙一样横在他俩中间，一下子将他们俩分开了。小男孩得救了，而那个无赖之徒却在惊慌中绊倒在人行道上，在马路牙子上摔了个四脚朝天。街上依然车水马龙，无赖如不赶快爬起来，就有被马车轧着的危险。在人们的一阵阵哄堂大笑和谩骂声中，无赖终于醒悟过来，他眼前的最佳选择是尽快顺着托列多大街附近的一条小巷偷偷溜走。

"我得到的回报是经久不息的掌声，让我有种受宠若惊、不知所措之感，掌声别有意味，且耐人寻味。掌声吓跑了那个无赖，同时我也趁着掌声从人群中溜之大吉了。

"这是个好玩的故事，不会载入史册的奇闻趣事，但它确实是用生命之线精心编织的故事。诚然，建立业绩和做出重大牺牲的机遇还是很多的，但主持公道、谦恭有礼，为解决每天发生的微不足道的许多小事助一臂之力应该是不乏机遇的。我们绝不应该错失这样的机会。要是不了解这一点，我们的良好习惯将消耗殆尽，心灵将变成一片荒漠，白白浪费生命。

"这种看似毫不起眼，却时时刻刻存在的伦理道德，无须法官出来主持的社会公平，是我们每个人应该坚持不懈地参与的善事，这就如同面包是我们生命中的必需品一样。我们渴望的英勇壮举就像是每年举行两三次的节日盛宴，其实我们应该更多地关注每一顿的家常便饭，而不是盛宴，因为家常便饭是每天都要吃的，另外一些饭则是一年甚至几年、几十年、上百年才吃几次的。"

不久，恩利科的伤全好了，他舍己解救多梅尼钦的事情已经成为过去，可他变得心事重重，一种伤感时时涌上心头。

风波过后，多梅尼钦从没来过舅爷家。恩利科心里犯着嘀咕：别的不说，多梅尼钦起码应该说句感谢的话呀！是的，从那天起，恩利科再也没有见过这个可怜的残疾男孩。过了很久，当恩利科在街上见到多梅尼钦时，对方不是假装没有看见恩利科就是故意绕道，偷偷溜掉。他为什么这样不领情？对救过他的人，他为什么这样没有礼貌呢？恩利科的舍己救人在当地产生了广泛而深刻的影响。打那以后，也许是因为多梅尼钦身边多了一些甘心保护他的人，圣·特伦佐的顽童不敢再欺负他了。

多梅尼钦的行为极大地伤害了恩利科的感情，首先是伤了他的道德感，其次是自尊心，最后是爱心。从搭救多梅尼钦那天起，恩利科就把全部爱心奉献给了他。

恩利科把多梅尼钦从殴打他的一帮坏孩子手中救了出来，他为对方受了伤，让对方重新获得了尊严，那么，他为什么没有听到任何一句感激之词？

恩利科为多梅尼钦做出的一切难道没有任何意义吗？

恩利科想，假如多梅尼钦的事情发生在自己身上，他会当天去拜访救命恩人的。见面时，他肯定会拥抱、亲吻对方，还不知要说多少热情洋溢的话，流下多少泪水！而多梅尼钦一直躲避他，竟连"感谢"这两个字也没说过！

恩利科的自尊心受到了严重的伤害。他是奋不顾身地去保护这个小小的残疾者的，因此得到了舅爷、邻居和大家的称赞，他对自己的英雄行为还真有点儿沾沾自喜呢！

恩利科的最大痛苦也许并不是他对多梅尼钦的爱心期望得到多少相应的回报。他从前只跟多梅尼钦见过面，可以说只有一面之交。见到他，充其量只不过是有点儿同情而已。而现在呢？也就是自从他救了多梅尼钦后，恩利科觉得他很可爱，就特别关心他。恩利科很想帮助他，甚至送给他一些东西，比如说，他穿得太破了，送给他几件并不太旧的衣服，让他分享只有在舅爷的餐桌上才能吃到的美食。恩利科想成为这个不幸小男孩的永久保护人。恩利科是用自己的稚嫩之体来保护这个遭人嘲笑和折磨迫害的可怜孩子的。可是现在，多梅尼钦没有对他怀有一点儿感激之情，也没有像别人那样对他的英雄行为大加赞扬，好像并不接受他的保护似的。

所有这些想法并不是按照一定的前后顺序排列在恩利科的脑海中的，也不是以明显的方式表现出来的，它们是雾，是云，而不是雨，胡乱猜疑和犹豫不决搅得他心神不定，郁积心头的怨气和郁闷难以排遣，致使他的脾气变得古怪起来。

他竟然怀疑多梅尼钦也是个坏孩子了！

有一天，恩利科终于用伤感的语气问舅爷："多梅尼钦这几天来过这里吗？"

"没有，他为什么要来呢？"舅爷反问。

舅爷一下子明白了恩利科的用意，于是哈哈大笑起来："恩利科，你说得有道理，他应该来拜访你，向你对他所做的一切表示一下正式的谢意才对！恩利科，你说的难道不是这些吗？"

恩利科的心思被舅爷完全猜透了。他一句话也没说，顿时满脸通红。舅爷继续说："假如他在街上碰到你，肯定会谢谢你的。"

"舅爷，不是的，他根本没有表示感谢的意思。相反，见到我，他居然绕道走开了，假装没有看见我。"

"你难受吗？"

"很难受，难受极了，比我想象的还要难受。"

"你救了那个小可怜，得到感谢是当之无愧的，可难道他非得公开向你表达感激之情吗？"

"啊，舅爷，绝不是这个意思。我只想他能拥抱我一下，亲吻我一下，要知道，从那天起，我就把爱心全部献给了他。再说他没有一点儿感谢的表示，我觉得很不正常，要是我处在他那样的境地……"

"我的恩利科哟，他没有错，你的处境要是跟他一样，你也会干出这样的事来的，他怎能跟你比呢？你有爸爸妈妈的疼爱，你是在最亲密、最温柔的摇篮曲中长大的，你是在爸爸妈妈和舅爷给予多重关爱的环境中成长起来的。你怎么能跟这个可怜的不幸孩子相提并论呢？要知道，他常常挨耳光，受辱骂，天天遭受小混混的折磨、欺负，在苦苦挣扎中度日。你想过他可怜的灵魂因遭受践踏而带给他的痛苦吗？他可能不是个坏孩子，但充满着仇视和怨恨，他受到别人的虐待，不可能爱抚任何人。也许他并不知道如何爱别人和接受别人的爱。他也可能会搂着你的脖子，想跟你亲热一番以表达爱意，但他神志模糊，内心深处充满忧伤，担心成为人家的笑柄，更怕你讥笑和拒绝他，所以遇到你就绕道走开了。正因为这样，你把他的不领情仅仅理解为愚昧无知，践踏感情！"

"要是这样，我就去主动找他，以此证明我对他的关爱。"

"你可以去，但最好不去，去了，他会惊慌失措的。要是他不对你说句感谢的话，你绝不能不理他，还要照样关心他。最好的做法是处处想着他，为他做些好事。比方说，请他到我们家来，教他玩一些残疾人可以玩的游戏，不管他玩的动作多么笨手笨脚，我们也不会嘲笑他。

"我的恩利科啊，要是多梅尼钦的心灵真的像他畸形的四肢那样扭曲了，万一没有任何感谢的意思，你千万别为自己的行为后悔。

　　"做好事就是对自己的一种奖赏。希望得到别人的感谢就如同放高利贷一样，是不可取的。人家感谢我们，那当然是件美事！我们对某个人施了恩，这个人要是忘了这个恩，他是不对的。这种人由于心胸狭窄，或者妄自尊大，他将享受不到最美好的生活乐趣，可这跟我们无关。

　　"保护弱者，为受压迫的人主持公道，并为遭受痛苦折磨的人擦干眼泪，应该是一件乐事，除了享受这份快乐，我们别无他求！"

第十五章

海浪·人类的波涛·人生的价值·如何衡量人生价值

有一天，恩利科问舅爷："亲爱的舅爷，你曾对我说，圣·特伦佐的乡亲们都是勤劳勇敢、吃苦耐劳的，可我经常看到各个年龄段的人，他们有的坐在岩石上，有的坐在海峡的护堤上，有的坐在海滩上，全都默默注视着大海，好像忘记了时间。这是为什么呢？"

舅爷回答说："人不仅要劳动，也要思考问题。没有什么东西像看到大海那样更能引起人们沉思了。你知道，我到过许多地方。欧洲、非洲、亚洲、澳洲和美洲我都去过。我总是看到肤色各异、年龄不同的人整个小时整个小时地坐在海滩和礁石上注视着大海。诗人、孤僻人、年轻人和老年人在思索着截然不同的问题。是的，所有的人都在思考问题，与其说是思考，倒不如说是他们沉浸在含糊不清、捉摸不定的幻想中，徜徉在精神世界里。对于这种意境，法国人惯用'冥想'这个最美丽的词汇来形容。

"跟平静、柔美的大海相比，郁郁葱葱的山林和碧绿原野的迷人景色是毫不逊色的，可我们不能面对奇绝景色一个小时又一个小时地遐思冥想，也无法永远沉浸在辽阔的原野、绿油油的草地、青翠欲滴的葡萄园的美景中，当然身临其境，我们可以陶醉其中，尽情享受快乐。可是，很少有其他景致像大海那样把我们带进无限遐想的空间。"

恩利科又问："亲爱的舅爷，你说得完全对。我们面对的大海是单调乏味的，大地是色彩斑斓、千变万化的，但大海却更有魅力，这又是为什么？"

舅爷回答说："我的恩利科啊，这有两个主要原因：一是我们极目远眺的大海是无边无际的；二是它是永不停息的。面对大海，我们看到的是人生轨迹的巨幅画卷，注视着大海，我们就会沉浸在一个无限的世界里——那是手摸不到、眼看不见的世界哟！然而，有两样东西对人是必不可少的：生活与希望！人们总想生活在一个希望中的世界，即眼看得见、手摸得着的世界里。

"大海能同时满足人类这两个巨大的需求。无限对人类而言，不管过去、现在或将来，总是难以实现的。人有渴望追求无限的心灵。上帝昭示的'无限'即为大自然、宗教和理想，正如你说的那种呼唤。人之所以称'人'，是因为他相信或希望有超过其本身价值的一些东西，比他自身的生命更长的东西。

"恩利科啊，请你尊重所有正直的宗教，有多少理想，就有多少实现不同理想的途径，所有的途径都通向理想的实现。在我们这颗小小行星上，人们讲着上百种甚至上千种语言，同一种思想会用多种不同的，甚至我们认为古怪的语言来表达。这样，理想就会变为必不可少的东西。所有的人都希望去感应理想，并用各种不同的方式让它变为现实。宗教同样是表达同一思想的多种语言。天主教徒、宗教改良主义者、希伯来人、佛教徒们，让我们相互尊重，彼此相爱吧！所有的人从拱顶的天主教堂、尖顶的清真寺、金色钟楼的犹太教堂、洁白屋顶的佛教寺院蜂拥而出，唱着赞歌，响彻同一天空。

"大海也是一座寺院，在大海面前，全人类都必须低下高昂的头，双膝下跪，向它顶礼膜拜，因为大海蕴藏着我们整个星球人类的生命，因为大海居住着万物之母，因为那永不停息、不知疲倦的汹涌波涛是养育我们的大地之母，也是为我们提供床榻让我们进入梦乡的大地之母。

"恩利科啊，要是把全世界所有人讴歌大海的诗句都收集起来的话，也许那美丽的诗篇将是世界上的鸿篇巨制。在大海面前，人人都是诗人，就连那些天真无邪的孩子、碌碌无为的芸芸众生也表达着对大海的深情赞美和畏惧之感，吟咏着激情的圣歌，叙述着人类的忧伤、温柔和幻想。因此，所有咏叹大海的诗作总汇起来还真的是世界第一部史诗呢！

"我的恩利科啊，你到圣·特伦佐来并不是要跟我学习多愁善感的哲学，而是要学习身体健康的知识和实际哲学。倚窗眺望，你可以看到大海的波涛，你注视街心广场，看到的是另一种波涛——熙来攘往从早到晚永不停息的'人之波涛'。望着这成千上万不尽的'人的浪涛'，我常陷入长时间的深深思索中：说这条大街是人类世界的缩影，一点儿也不为过。有各种各样的人：秃头的，黑发的，戴着草帽的，光着脑袋的，高个子的，矮个子的。我看着他们动作各异，听到他们欢快或者伤心的话语，听着他们的哭声和辱骂。这些嘈杂的声浪，随着海风，如同阵阵松涛，每个枝条、每片叶子都在述说着自己的故事。白发老人和秃头的人跟襁褓中有着软绵绵卷发的婴儿与蓬头垢面的妈妈擦肩而过；梳理得整整齐齐的一头秀美黑发、风情万种、如花似玉的姑娘跟头发凌乱的老太太泾渭分明，来来往往。他们有的陷入沉思，有的满怀希望，有的一腔怨恨，有的悔恨交加，有的得意扬扬、心满意足。他们如同海洋的波涛，渐渐汇入人类的大江大海，'喜不自禁'的浪花絮絮不休、轻声细语地向毗邻的浪花倾诉着自己源远流长的历史和人生轨迹的奥秘，这样，'人脑'通过转瞬即逝的目光和音调的召唤传递着相互搏击的悠长岁月，流露出对昔日的缅怀和对来日的疑虑。没有什么样的东西跟两个'无垠'那么相似：无垠的大海浪花滚滚，无垠的'人之波涛'流溢于城市和乡村，永远涌动不息。

"有多少人脑，就有多少思维；人山人海中的每一分子都是永远不同的，正像两个亲兄弟，甚至双胞胎也不尽相同一样。

"每个人脑都不同于另一个人脑，倘若每个人向我们讲述他们各自的经历，我们肯定会上一堂大课，获得善与恶的丰富知识，因为每个人脑既有爱的一面，又有恨的一面，既有犯罪的一面，又有乐善好施的一面。襁褓中的婴儿接受妈妈不断的热吻，在光天化日之下，那小小的脑瓜经历着多种变化，在变成凶残的狰狞面目或今日坚毅的面孔过程中，不知他们饱经了多少历史沧桑，经历了多少搏击哟！离开摇篮的时间越长，我们的变异就越大。随着岁月的流逝，婴儿那本来像玫瑰花瓣似的娇嫩面孔，深深打上了各自不同的烙印，到了青年时期，那面孔又打上了新的烙印……经历了年复一年，日复一日，分分秒秒的漫长岁月，苍老的面孔业已固化，整个生命老成凋谢，直到咽下最后一口气。

"从窗户下边街道走过去的这些人有着不同的人生价值，我想借此机会向你做个透彻的分析。在生活的实践中学习，要胜过读百部道德和哲学的书。诚然，书是美好的东西，但书给我们的只是草地和花园里花儿散发的浓郁芳香，而不是生长在梗上的栩栩如生的鲜艳花朵，知识是东西的影子，只是给我们其轮廓而不能给我们鲜活的色彩和实实在在的东西。活着的人，正在劳动的人，在生活的战场上拼搏的人是充满生机的课堂，是比一百部书还要值钱的教材。如果说一堂有声有色的口语课比一部书价值更高的话，首先是因为这堂课是活的教材，让我们更近距离地接触了活生生的人。

"让我们试图分析一下从我们眼皮底下走过去的那些如同蚂蚁来来往往的各种各样的人，首先，由于年龄、体力和健康的不同，他们具有不同的价值，这就是生命价值、身体价值和物质价值。人们还可以从这些价值中创造出其他许多高档产品，这就如同一个织布高手从整理过的纱中能抽出金线或棉线，银线或丝线，直到织出每米能卖到一个好价钱的布匹。

"比任何事情都重要的首先应该是身体强壮。生下来就健康是福气，而全力保护大自然赐予我们的健康身体则是我们的义务，让身体日趋好起来更是我们的义务。健康是首要的财富，没有健康，你纵有万贯家产，纵使才华横溢、学识渊博，也无法派上大用场。对大街上来来往往的人来说，人生的最大价值首先是身体健康。体魄健壮比其他任何方面都更有价值，最小的价值是弱不禁风和疾病缠身，试想，一个手无缚鸡之力的人怎么能撑起一片蓝天呢？即使你激情满怀、聪慧过人，学问再大，又有什么用呢？

"要是我们给某人打分的话，道德价值是属于第二位的。我说是第二位，并不是说其他的某个价值超越了它，而是因为道德价值的培育是个循序渐进、潜移默化的过程，是长期积累起来的。从理想化的范畴来说，道德价值应该是人生的第一要素。

"道德价值源于我们作为儿子、兄弟、男人、父亲和公民在履行义务时所具有的坚强意志。每个人要能够好好地爱别人，永远爱别人，从不仇恨别人，对别人要能宽宏大量，要抑制自己一切闪现的邪念。在任何恶势力和威胁面前，抑或在任何利益的诱惑下，道德的价值在于教你不会有丝毫的懦弱，避免犯低级错误，只有人类拥有的这种极致的价值观才能够做到这一点。

"为了从一个里拉数到一百万里拉，需要有一个很长的'梯子'来测量。比如说，你要数一千里拉，就要数一千次，这个一千次就是登上一千级阶梯。这种对比也适合测量人的道德价值。就道德价值而言，人类的阶梯则更长更长，我们每个人能够而且应该勇于攀登阶梯巅峰——道德的顶峰。就美德、财富和智慧而言，要达到其最高的水准是一种极为罕见的现象，可就价值观而论，我们完全可以相信，在芸芸众生中，确有最正直的人——正人君子的存在。恩利科啊，实话说吧，我对自己从没有像现在这样满意过，我为自己是一个正直的人而自豪。看到一些人经不住恶习的诱惑，抑制不住厚颜无耻的欲望时，我恨不得拍打自己的胸脯，对自己大声疾呼：'上帝啊，我可没有那样胡作非为哟！'

"生活充满着险恶和变故、哀伤和意外。当我们满以为找到一个安身立命之所时，当我们把幸福之宝押在保险公司和储蓄银行时，一场突如其来的暴风雨却无情地抽打着我们，把我们打翻在地，我们不能不心悦诚服地叹息。我们的所有的建筑物都是空中楼阁，一旦遭遇天灾人祸，便在转瞬之间轰然坍塌，在这种情况下，只有道德价值的良知能抚平我们创伤的心灵，其他的均无能为力。遇到这种不幸事件，在多数情况下，我们有能力重整旗鼓，得以复生，重新踏上撒满鲜花的希望之路，重新获得幸福和快乐。"

舅爷继续说："人生价值的另一个重要方面是我们的智慧。思考产生智慧，但通过接受教育可以促进智慧的快速增长，使得我们的头脑在每次磨炼意志时，变得更加灵活，反应更为迅速。你可以看到，我院子里有粗壮高大的松树和枯萎得将要死去的松

树。其实这两种松树先天完全一样，只是由于栽树时的土壤不同或者修剪时存在差异，便有不同的生长过程，结果成了现在这样截然不同的样子。我们的智慧也是如此。智慧靠培育，也就是靠知识（从广义上说是接受教育）来增长和增强。迟钝和无知导致智力减退，就像枯树被遗弃在不毛之地一样。

"除了你天生的智力，我们还可以通过持之以恒的学习来增长才干。一个人做到这一点，他就是个有教养的人。一个人的智力价值就是靠获得大量的知识来升值的。重要的是要努力消化已搜集到的材料，将其分类，整理归纳，取其精华，随手拿来，为我所用，让知识成为我们的日用必需品。

"付出的劳动相同时，思考的价值随着知识的积累而增长。每掌握一种新知识，就是获得了一把开启一个新世界的钥匙，就等于向我们开辟了新天地，以新的力量和新的能力来丰富我们的人生。每种语言、每种艺术、每个新兴的产业都为我们的思维注入了新鲜的生命力。"

舅爷说："我的恩利科啊，想想吧，当我们用人生的所有价值来衡量人们时，就会发现他们是多么的大相径庭哟！我们的硬币是用铜、银、金铸成的，可人却是用'合金'打造成的，因他们的身体状况、道德价值、智力价值的差异，铸就了各自不同的人格。

"我们乐于用很多形容词把人们分成不同类，然后再把他们区别开来，比如说，张三虚弱，李四强壮，卡罗是好人，彼得是坏人，特奥托罗糊涂，埃托蒙多是天才等。

"恩利科啊，你要习惯权衡一下用这些可怜的、含糊的形容词做出的轻浮判断是否正确。难道仅用一个词、一句话就能衡量判断一个人的价值吗？

"为了将一种植物与其他类似的植物区别开来，植物学家在他们的植物志中往往不惜篇幅和笔墨细致入微地描绘和分析这种植物，一个人仅仅受过一次洗礼，我们怎么就能断定他是一个真正的基督教徒呢！

"恩利科啊，在生活中，没有任何事情比'认识'人更为重要的了。我们必须跟其他人共同生活，共同劳动，在大多数情况下，我们的幸福生活往往跟其他人息息相关。你必须习惯于及时注意观察，并用同样的爱去细心地研究你的同学和朋友，跟他们一起学习语言、地理和历史。你必须养成一种习惯，那就是在观察其他生物，任何其他有生命和无生命的东西时，应该首先把观察人放在首位，经常把描写人的个性作为你作文的题材。

"你要从观察、了解你熟悉的人，跟你一天二十四小时生活在一起的人开始做起。要知道，这不是一件容易的事情。而在最困难的事情中，认识自己又是难中之难。认识自己是掌握每种知识的字母表，是一块支撑着我们知识大厦的坚不可摧的基石。优秀的画家能够画出最美的图画，为什么我们不能塑造出道德和智慧的自我形象来呢？

"认识人是至关重要的，是生命中的大事。要是人家问我，做个生意兴隆的商人，第一要素是什么，我会回答：'了解人。'

"有人问我，成为国务活动家和功勋卓著的将军的首要美德是什么，我会回答：'了解人。'

"成为一个最好律师，一个优秀法官的首要品德是什么？'了解人。'

"成为优秀教师，杰出教育家的前提条件是什么？'了解人。'

"成为幸福人的首要条件是什么？'了解人。'

"在这个世界上，我们应该学习到的一种最重要、最基本、最必不可少的东西是什么呢？

"那依然是'了解人。'

"'了解人'是学问中的学问，艺术中的艺术。很多人之所以成为伟人，名字被铸在青铜器上，刻在大理石上，唯一的原因是他们拥有那美德中的美德。从另一方面看，没有哪一位王子，将军和统治者能超越中庸之道，因为他们不了解人。在历史上，有些伟人曾铸造过昔日的辉煌，可没有善始善终，后一败涂地，因为他们不知道如何了解人。要是朱里奥·恺撒①很好地研究布鲁图②的个性的话，他就不会让后者杀掉，罗马也不会有那么多年的内战，如果是这样，君主便是恺撒大帝，而不是奥古斯都③，当时的世界就会实现长治久安。拿破仑一世统治欧洲多年，并不仅仅因为他是他那个时代的第一个战士，最重要的是他首先深刻了解人。

"英国人是世界上第一批商人。他们以金钱多少来衡量人的价值，说什么某人值四千英镑，那就意味着他有十万里拉。他们也不是无视人的价值，但是往往着眼于用容易看得见、摸得着的东西来衡量，那就是你有多少钱来衡量。

"诚然，金钱有巨大的魔力，是产生我们欲望奢求的最大推动力。要是金线和财富靠我们的聪明才智和勤劳的双手而获得的话，那它们就大大提升了人的价值，为此，金钱既不应该被低估，

---

① 朱里奥·恺撒（公元前 100 年—公元前 44 年），古罗马统帅，政治家，后被共和派贵族刺杀。

② 布鲁图（公元前 85 年—公元前 142 年），罗马贵族派政治家，刺杀恺撒的主谋。

③ 奥古都斯（公元前 63 年—公元 14 年），罗马帝国的第一代皇帝。

也不应该被过分美化。任何人如果无视金钱的诱惑力，那他就失去了发财致富的美好岁月，到了垂暮之年，他就失去了生活的支撑，毫无出路。首先他会因为没有财产而享受不到生活的乐趣，也就是无法有尊严地独立生活。我们可倾尽所有之力抑制我们的需求，但没有金钱，我们将无法维持生计。没有钱财，一旦患病或遇到生活中的其他变数，我们将立即陷入困境，不得不求助于他人——这是一件丢脸和极为痛苦的事情。一个没有钱的好人，很难说会对自己本身有什么益处，对别人施恩更谈不上。一个有钱的好人不仅对自己大有裨益，还可以更多地对别人施恩。藐视金钱是完全愚昧无知的行为，这等同于无视战士在前线浴血奋战，击败敌人而给予我们鼓舞的力量，也等同于无视太阳赋予地球上所有的生物和其他星球上我们所不知道的生物以生命。

　　"另外，钻进钱眼儿、让钱成为生活的首要和最终目的是另一种错误，卑鄙的行为和最坏的事情往往是从发财致富的心理开始的。若把钱锁在钱盒里，不惠及别人，就等于它是不存在的。

　　"评价一个人，离不开财富、健康、道德和智慧，这是真正准确衡量人的价值的计量器。你做这种判断时，千万注意别凭第一次见面给你的印象取人，因为初次见面的印象总是肤浅的，判断常常失误。

　　"我可以讲一讲自己亲身的经历和体会。我是个爱激动又特别敏感的人，容易迅速地做出'喜欢'和'讨厌'的激烈反应。当我第一次跟某人见面时，要么很快喜欢上他，要么十分反感他。我这样看人常常出错，总是做出错误判断。我的这个毛病给我的教训是惨痛的，接受教训后，我对人的判断就变得小心谨慎了。

　　"凭一次见面就断定某人是完美的，很快对他产生同情心。

在这种情况下，我往往不切实际地夸大他的外表、品德和才能，为此，我对他毫不保留地坦诚相待，迫不及待地奉献友情。不幸的是，经验告诉我，仅用'喜欢'这个放大镜去观察这个人善良的一面，而没有看清他伪装得巧妙的另一面，最后我不得不羞愧地、尴尬地割断与他的友谊，冷却我们之间的友情，对他退避三舍。

"反之，有好多次都发生了另一种情况。就是我通过'讨厌'这个有色眼镜去观察人，认为那个人是个丑陋的人，彻头彻尾的坏人，也毫不掩饰对他的厌恶。实际上，他虽外表丑陋，却人品出众。由于讨厌这个人，我失去了与其做朋友的机会，需要费很大的力气再跟他接近，求他谅解，与其友好相处。

"在评价一个人的时候，要深思熟虑，反复思考，头脑冷静，举止谦恭有礼。这个人无论是快乐的时候，还是悲伤的时候，我们都必须注意观察，悉心研究。当你阅读一部论述人的个性的作品和卷帙浩繁书海中的一些警句时，你必须用书中的人物与我们已经透彻了解的人进行比较，以这些人作为对比的砝码和衡量他人价值的标准。我们不仅要把书中的人跟活人比较，还要跟死人比较，跟名字载入史册的伟人比较，然后再跟我们想象中的理想人物比较。事实上，一个完人在自然界是不存在的，他只存在于我们的脑海中。研究一个现实的人和活生生的人的时候，我们必须尽可能地近距离接触他，做出自己的判断，或者远远地离开我们心目中的那个'完人'。

"我的恩利科啊，你在都灵的老师若听到我的这些长篇大论的废话，说不定要笑掉大牙呢！他们可能莫名其妙，怎么，这个老头子竟想教一个十四岁的孩子去研究了解人的学问！尽管我是一位卑微的老船长，我还是有勇气面对你的老师的说三道四为自己辩护的。

"我可以坦诚地告诉他们，学校讲的理论太多，而联系实际又做得太少。假如老师无法教你生活准则的话，那么，家长及朋友完全可以做到这一点。家庭生活、日常琐事看似简单，实则大有学问，我们在街头遇到的每一个人都会为我们上一堂实际知识的课程。这些学问中的学问教你如何成为幸福的人，并教你如何让别人同样获得和享受幸福。

"恩利科，像你这样年龄的孩子，应该多撒种子。也许你所撒下的种子不会同时发芽，有的早发芽，有的晚发芽，有的可能迟迟不发芽，但是只要是好种子，土壤是会保护它们的，我们撒在土地上的每一粒种子迟早都会发芽的。

"以前，你从没有听别人讲什么研究人和评定其价值的艺术。也许你觉得我讲的这些是新鲜的，是离奇怪异的，你不妨仔细想一想，一定会悟出人生价值的真谛来。你已经看到，为了获得出色的演奏效果，一个好的钢琴家需要费多少年的心血哟！他要一次又一次、枯燥无味地不断练习、排演，经过漫长的磨砺，才能达到炉火纯青的地步。谁也想不到，在这些乏味单调的演练中，竟孕育着让演奏者本人和听众心醉神迷的柔和甜美的乐曲，这就叫研究人生价值的学问！像你这样年龄段的孩子不够耐心，注意力不够集中，很少留心观察周围发生的一切。你开始懂得研究人是最重要的，那么从现在开始，你应该学会如何仔细观察你的同学、玩耍伙伴，试着判定他们的人生价值，你将会渐渐地成为能了解人们灵魂深处的鉴赏家。长大成人后，你可以每天都受惠于我向你讲的这些知识。到那时，你将记起已去世很久的舅爷，会向他的在天之灵致以温柔的敬意。"

第十六章

选择职业·择业标准·巴琪恰舅爷的回忆·
不同职业面面观

　　舅爷问恩利科："恩利科，完成中学的学业后，你有没有想
过选择职业的事情？"

　　恩利科回答说："亲爱的舅爷，关于职业，还有充足的思考
时间。我是否能通过那可怕的高中文科和理科的考试，现在谁也
说不清楚。"

　　"你爸爸从来没问过你像我今天问你的这个问题吗？"

　　"问过，他还不止一次地问过，可我一直以同样的方式回答他。
爸爸总是用下面这些话关闭我们之间的对话大门：'请记住，我
给你充分和完全的选择自由。我乐于做的只能是提出一些建议供
你参考。'"

　　"你说的都是大实话，就是考虑未来的职业，还有几年的充
足时间。问题是这样从今天推到明天地选择职业将变成你的很坏
的习惯，一种真正的恶习，也许到了火烧眉毛或该做出伟大决定
的时刻，你还犹豫不决呢！你每天只要有片刻的思考，就会有瓜

熟蒂落的一天，这个时候我们就无须等待，问题就迎刃而解了。你要牢牢记住，一次有人问牛顿①：'你怎么会在物理学和天文学方面创造这么大的奇迹，做出这样重大的发现？'他简单明了地回答说：'坚持不懈地思考。'

"在我们人生的征途中，没有比选择到底走向哪条道路更重要的了，生和死不以我们的意志为转移，可在选择职业方面，我们是自由的。这种选择行为的责任完全落在我们的身上。糟糕的是一旦选择了错误的道路，再走别的道路是很困难的，生命是很短暂的，用'吝啬'这个词形容较为合适，我不能用'年'和'月'来形容，我只想用'天'和'小时'来形容。我认识很多很多人，由于事先没有认真思考，他们多次选择了错误的道路，为了自己的生存，后来他们不得不走马灯似的更换自己的职业，结果更糟。"

恩利科说："根据我听到的情况，我感到所有的人都错误地选择了职业，与我家的朋友交谈，我听到的是永远的抱怨，没有任何人满意自己的职业，几乎所有的人都在诅咒，都在谩骂。假如我必须按照这些奇谈怪论来规范自己的话，我就不该选择任何职业，因为所有的选择都是错误的。舅爷，不知道你是不是听到过我家的医生整天整天地咒骂医学？这是多么可怕哟！他对我说：'医生简直是奴隶，是奴隶中最苦最累的奴隶。他连吃饭和睡觉都做不了主，不管白天和黑夜，都得听从主人的召唤。病人好了，人家就说医生是圣贤，或者说你是给病人第二次生命的神医；病人死了，人家就会说是医生杀了他。医生不得不在伤心痛苦中度日。病人的忘恩负义和险恶用心就是医生获得的奖赏！还要受到同行的折磨、加害和诽谤。'总而言之，我常听我们的家

---

① 牛顿（1643—1727），英国物理学家、数学家和天文学家。

庭医生说，做刽子手和杀人犯都比当医生要好上百倍！

"我爸爸的一位表兄弟当律师，他的一番表白并不是在开玩笑。听他说，没有其他任何职业比当律师更狼狈为奸、更忘恩负义的了，你要做正人君子，那就赚不了一个铜板，另外，你还必须跟一伙争夺客户和用一切合法或不合法的手段进行背信弃义竞争的同行展开殊死的搏斗。还有船长、工程师、商人、推销员……他们都咒骂自己的职业。"

舅爷说："亲爱的恩利科啊，所有这些抱怨同样是不可接受的陈词滥调，人们总是怨气冲天，正如一则拉丁谚语所说：'任何人都欲壑难填。'是的，各个时代用不同的语言表达这种不满。这种怨天尤人可以从另一方面很容易得到合理的解释，那就是任何人并没有看到和很好地了解到他所从事的职业存在的不足、消极和弊端。除了这些夸大其词的悲观论调，还有一个更为直接的原因是显而易见的——世界上很少有人根据自己的天赋来选择适合自己的职业。"

"舅爷，那是为什么？"恩利科不解地问。

"说一千道一万，只有一个理由是至关重要的。在选择神圣职业时，我们没坚持遵循一个正确的、唯一的标准，相反，我们却遵循不同的其他标准，然而这样的标准是不符合实际的。一个小伙子面对职业这样一个关系人生之途的问题，却发出这样的疑问：什么职业能让我尽快致富？什么职业能让我快速走上一举成名、光宗耀祖、无上荣光之路？更糟糕的问题还有：什么样的职业能使我付出的少而捞到的更多？

"为了回答这些问题，我们不妨留心观察一下周围的情形，在家庭内部或我们熟人更为广泛的范围内，对幸运的职业和个别例子做出判断。比如说，我们家的二楼住着一位工程师。他有马车，海滨有别墅，而十年前，他还是个穷光强。可以说，他有令人羡慕的职业，是命运的宠儿！现在不是铁路、电车和机械的时代吗？好啦，我们大家都去做工程师！还有，我们家的对面住着一位令我们嫉妒得要命的律师，他不但是律师，还是议员、富翁。文书和见习律师昼夜不停地在他的事务所工作。律师每天不得不将车马盈门的客户支走，因为他再也无法为他们提供周到的服务了。据说，律师每年可挣五万至六万里拉。不错，律师是好的职业，难道大家都去做律师不成？

"类似的例子不胜枚举，比如，令人羡慕的证券经纪人、医生和企业家。这一切表面现象，让我们一次又一次地相信，谁都可以得到令我们流口水的上帝的厚爱，去选择一个又一个的职业。

"择业标准还有比这更恶劣的，即大家都想走捷径。有人说，我们的父亲是公证人，退休后，他将把事务所连同客户一起留给我们。有人说，我叔叔是个名医，他没有孩子，所以我要继承他的事业，好好学医，他会帮助我的。有人说，我有一个兄弟在美洲，他是个一夜暴富的人，我将学习、研究农业和畜牧业，将到布宜诺斯艾利斯大草原去找他，会很快发家致富的。这里列举的择业标准如此之多，可全是虚假的、错误的，亏得人们的脑瓜子想得出来，嘴说得出来！

"我所认识的某君，他家四代人都当教师，他本人也从事教育事业，然而，他选择其他任何一种职业都比当老师更适合自己。

"我还认识一位想学医的人。他本人酷爱旅游，当医生比当律师和工程师有更多的出行机会，然而他本人没有当医生的任何天资。

"人人都想成为画家，因为艺术家的生活是幸福和快乐的，是逍遥自在的。有些人选择法院的职业，因为凡是参加最高法院一次著名的庭审会，都能结识身穿精致长袍、戴着威严贝雷帽的司法界泰斗和其他令人佩服得五体投地的法律顾问。

"所有这些人都是为了一碗汤而出卖自己的长子权①。他们往往耽于幻想，出于虚荣心而廉价出售自己，结果，一切转瞬之间化为泡影。

"除了上述所有这些虚假的选择标准，我们还有一个凭主观想象来判断的'最佳'标准，就是这样一个标准，像其他标准一样把我们推向了致命错误的深渊。这个标准就是双亲对我们的亲情。当爸爸妈妈中的一位（也可能是他俩）向我们恳求，甚至向我们苦苦哀求选择这样的职业而不选择另外的职业时，我们如何抵制他们的请求？在这种情况下，达到头脑和内心的和谐着实不失为一种良策，但是头脑应占主导地位。当对某种选定的职业特别反感的时候，我们必须抵制这种亲情，向爱我们的人强调自己的理由。我们还要特别关注这个世界上给我们生命的人和比任何人都爱我们的人的苦苦相劝和再三请求，因为这种苦劝是从'爱'那里来的，肯定是权衡了我们择业的利弊后才那样做的，但是经过深思熟虑后，只要我们深信，别人所建议的职业令我们厌烦，我们就必须温文尔雅地坚持自己的意见，在这种情况下，我们的这些顾问终归有一天会认为我们是有道理的。在这个问题上，第一个法官应该是我本人。

"选择一种职业的唯一标准是我们的能力。职业不同，对能力大小的要求也不尽相同，这就是我为什么先前对你讲，研究你自己、了解你自己是选择职业的基础。我们必须花大力气好好地研究我们自己，长期地、深刻地了解我们自己，让我们根据自己

---

①《圣经·旧约》中的一个故事，以撒的长子以扫因为一碗汤将长子名分卖给了其孪生兄弟雅各，意指只顾眼前的暂时利益而出卖灵魂的人。

的天资和能力来选择适合自己的职业。无论是适合做某些事情的那些才能平庸的人，还是适合做另外一些事情的那些才华出众的人，都必须选择我们的天资和能力向每个人呼唤的职业。即使一个天才人物，当他变得跟社会现实格格不入时，他也必然成为一个失败者。所有的人将自己的天赋作为行动的准则，他们全将是有用的公民。如果说，成功地选择一个好的职业有什么秘诀的话，那么这种幸运是花费大量心血换来的。要是我们对某种职业还拿不定主意，我们的兴趣还是模棱两可的、难以分清的，这个时候，我们需要更加长期、更加耐心的考虑以增强我们的判断力。随着时间的流逝，我们就能成功地发现到底什么职业最适合我们。这里还要提到亲情的问题。父母长期积累起来的可靠经验是能够而且应该对我们大有裨益的。他们以参谋的身份（而不是以教师的身份）向我们提供的帮助可以澄清我们认识含糊不清的问题，并化解一个又一个难题。可以有把握地说：他们的亲情必然会把我们引向幸福、幸运也许是荣耀之路。

"恩利科，你的老师肯定多次告诉你这样一个故事：在希腊的一座古神庙里写着三句箴言，这三句箴言概括了智慧的结晶——人类所有知识的精华，其中最著名的一句是'认识你自己'。

"恩利科，你看，认识你自己这句话蕴蓄着多少内容哟！请注意，我不可能将其包含的所有内容一一列举，只想提纲挈领地向你概述一下。

"'认识你自己'就是说要认识'人'这个已知世界的最高等、最复杂、最变化多端的动物。

"'认识你自己'就是说要认识生命的规律，因为人是世界生物中最生机勃勃的种群，也就意味着认识人这部机器在生活的波涛中如何搏浪击水，在未知的世界里如何顽强拼搏，奋勇向前。

"'认识你自己'就意味着你手中攥着一把用来测量其他所有人的最标准的尺子，又是一杆用来衡量人类鉴别力的最准确的秤。我这个本人'先生'是尺子中的一把尺子。要是我们善于使用好这把尺子，那么，我们量出的尺寸将是准确的，按照这尺寸计算出的数据将是可靠的。

"'认识你自己'并不意味着看不起别人，也并不意味着自己从来都是正确的。

"'认识你自己'意味着你手中永远攥着一个辔头，如同紧箍咒那样紧紧套着大地上最猛烈、最强悍的动物——人。

"意味着你自己永远是操纵着命运大船的舵手，在人生大海的险恶波浪中力求一帆风顺。

"意味着你拥有财富中的财富，工具中的工具，力量中的力量，以实现人生理想。也就是说，你可以使用全部力量去获得自己和他人的幸福。

"悲观主义者、死气沉沉的人和灰心丧气的人终究会形成一个共同体，以逃避努力学习的艰辛。由于没有长期和深入地研究和学习，我们无法认识自己，于是大声呼喊：没有改变现实的手段，认识自己有什么用？我们还是不照镜子为好，否则它就照出了我们太多的毛病和怪异。

"我相信，改善现状的手段是存在的，显然，没有学校的国家是没有的。完成学业后，我们还必须继续进行自我教育。认识自己的弱项和强项是这个世界最有用的事情，因为这样可以避免给别人丑陋的形象，有条件地把自己打造成尽可能美好的形象。不认识自己的人总像一条想飞的鱼，像在波涛中游弋的鸟，如同田径运动员想画画，画家想做算术题，这些人全是社会边缘的人，是粗俗不堪的人和平庸之辈……所有这样的人是不幸的。

"我的恩利科啊，当你要选择一条终生必须走的道路时，你就要倾注所有的力量，集中一切智慧，穷极一切所愿、一切所能，以获得最优越的条件，避免犯错误，让选择有一个最好的结果。

"'选择'是一个把才能和学问——攸关人生之途的重大话题——集中于一身、语惊四座的伟大词汇。选择意味着你是个自由人，意味着你自己主宰自己的命运。对于选择，你是做得好还是做得坏，也就是说，要么选得好，要么选得坏，正如人们说的那样，证明你是一个愚蠢的人抑或精明的人，一个平民百姓抑或出类拔萃的人物。

"恩利科，你在一个不知名的地方或在几乎完全陌生的地方散步时，难道没有面对两条路的时候吗？你看看这一条，又看看那一条，不知道到底哪一条是你必须沿着走下去的，这时你不感到苦恼和不安吗？在这里，也有个选择的问题，此时此刻，你即便选择错了，也不会造成太大的损害，可人生道路的选择就不那么简单了。你每走一步就面临着一个十字路口，更不用说是三岔口四岔口了，这时候，你往往在决定走哪一条道前，绞尽脑汁，抓耳挠腮，坐立不安。这里大致指的不是路途的遥远或凹凸不平，指的往往是掉进沟壑还是进入喜爱的花园，是跌入万丈深渊还是进入一个好客的人家，若你进入后者，你会受到最殷勤、最热情的款待。

"在为游人指示的木制或石制的路牌上，用箭头标明着各条路通往的地方，可在人生漫漫的长途之旅中，路牌上却赫然写着这样醒目的词汇：幸福和绝望、荣光和耻辱、富裕和贫穷、美德和恶习。想想啊，还有什么重要的种群像我们有这样那样的选择能力！

"恩利科，在你离开这里，回到都灵你父母家之前，我将把很多年前写的读书笔记送给你。本来盼望有一天能有个孩子，把我长期总结出来的经验和成果传给他，可上帝没有给我这样的慰藉，我那可怜的妻子仅仅病了三天便撒手人世，从此，我就孤独地生活在这个世界上。我为没有出世的孩子写的这些笔记一直放在抽屉里，现在我拿出来，供你阅读。等你将来必须选择职业时，再读一遍，不知道我的这些笔记对你是不是有一些用处。"

下面就是巴琪恰舅爷的笔记：

为选择职业而作的伟大歌剧的序曲

注意：整部歌曲就是一部连绵不断的变奏曲——认识自己。乐曲由亚当第一次演奏。他因为不认识自己而失去了伊甸园。在夏娃的陪件下，他在一棵棕榈树荫下，弹着竖琴，聊以自慰。[①]

*　　　　*　　　　*

当你诚心诚意和用创新去精心培育职业时，没有职业是低贱的、丢脸的和耻辱的。

*　　　　*　　　　*

任何一种职业都有烦恼，任何一种职业都有利可图。

职业有好有坏，好的职业是由适合自己天赋的人从事的，坏的职业是与从事某种职业的人大打出手的职业。

*　　　　*　　　　*

跟世界上其他事情一样，职业是分等级的，一种职业是崇高，是伟大，是由对自己和别人是否有益来衡量的。

---

① 亚当、夏娃是《圣经·旧四约》中上帝最早创造的人类，他们生活的地方是上帝所创造的伊甸园。

*　　　　*　　　　*

靠一双不熟悉的手来操纵，所有的职业都不会有收获。

*　　　　*　　　　*

每一种职业都深深地埋藏着鲜为人知的富矿。镐头每挖一次，付出每天的劳动，暗藏着的宝藏就会大白于天下。

*　　　　*　　　　*

每种职业都是从绝对无能的"零"开始，爬过无数平凡的阶梯，最后到达完美。

*　　　　*　　　　*

出类拔萃的鞋匠有权比无能律师、无知教授和蹩脚医生更感到自豪。

*　　　　*　　　　*

市政府的书记员比笨头笨脑的参议员能干千百倍。

*　　　　*　　　　*

喜爱职业并结出累累硕果，其直接原因应归功于从事这种职业的能力。

*　　　　*　　　　*

职业都蕴蓄着诗歌和理想。所有的职业，即使是最崇高的职业，如果操纵在无能之辈和不务正业人的手中，都会变得庸俗不堪，索然寡味。

*　　　　*　　　　*

职业如同森林中的树木。每种树木都是自生自长，但截然不同。拥有参天树枝的树木都在同一高度挺拔耸立，拥有最低枝茎的树木也在同一高度茁壮成长，整个森林高矮相间，错落有致。

＊　　　　　＊　　　　　＊

当所有的人狂热地去追逐一种职业时，想想那些长期、从来都被很多人不屑一顾的职业倒是明智之举。

＊　　　　　＊　　　　　＊

学习大家最了解的技能，然后再到一个地方去，在那里从事当地完全陌生的或不太为人了解的，但你早已学过的技能，不愧为识时务的俊杰。

＊　　　　　＊　　　　　＊

职业如同商品一样，价值是由需求决定的。竞争决定着经济世界，也决定着职业世界。

＊　　　　　＊　　　　　＊

非常喜欢，非常荣光，非常有利可图的职业，也就是某种理想的职业。

＊　　　　　＊　　　　　＊

盈利只是喜欢某种职业的手段，与此同时，盈利还是判断一种职业能否赚到钱的最正确标准。

＊　　　　　＊　　　　　＊

对你从事的职业，若你深恶痛绝，厌烦有增无减、无法克服，这就确凿地证明，你和职业之间已嵌入一个不和的楔子，这时候尽快脱离接触，以避免更大的痛苦，则是最佳的选择。

＊　　　　　＊　　　　　＊

选错了职业，唯一的办法是坦诚认错，改弦易辙，此时此刻，高傲是改道的大敌。

*　　　　*　　　　*

　　顽固地坚持走虚伪的道路，错误越积越多，伴随原有的苦恼而来的总是新的苦恼，我们被深深埋在心底沉淀起来的怨恨吞噬着，不仅伤害着我们自己，还伤害着所有接近我们的人。我们，包括我们的父母兄弟姐妹和亲朋好友，都是不幸者。

*　　　　*　　　　*

　　凡是厌恶自己职业的人，每天都是破口大骂，怨天尤人，然而出于生存的需要，他们又无法改道，只好被迫从事不喜欢的职业。如同金银首饰放在为它们打造的温暖、柔软的丝绒首饰盒中一样，没有什么比在自己满意的职业温馨床上更舒坦的了。

第十七章

八种职业

巴琪恰舅爷还在他的笔记里对八种职业作了详细的评述：

农　夫

倘若我能像开药方治病那样，用良方来决定职业取舍的话，我会给所有那些体弱多病的人，身体软绵绵的人和所有身心不健康的人开一个当五年农夫的药方。要是这种良方果真奏效的话，我将把这种方子推广到全民中去，尤其是因为长期遭遇不幸，又受到各种恶习的毒害，人们陷入腐化堕落之中不能自拔的时候，更应去当农民。

大致可以说，腐败就意味着道德堕落。尸体和一切腐烂的物质只要埋进土里，它们所造成的危害就戛然而止。只要接触土壤，人们损伤的灵魂也可得到恢复。

所有职业中，没有任何职业比当农夫更强身健体、更快乐、更有益处、更能结出累累硕果了。我打算着重讲讲农夫。农夫不该缺少面包，不该缺少洁净新鲜的空气，不该缺少舒适的住房。很不幸的是，意大利还有成千上万的农奴——希洛人①，他们大都遭受糙皮症和疟疾的折磨。正像欧洲版图内过去一个时期曾经盛行的农奴制度——这个最大的污点早已被一扫而光一样，意大利存在的这摊斑斑血污，也会如人们企盼的那样，很快将会涤荡干净。

农夫始终应该是土地的所有者。农夫有的为工业化付出了艰苦的劳动，有的投入资本，同他人分享劳动成果，这样他们得到了公平的待遇，享受到了尊严，对自己的身份有了满足感。

农夫的生活富裕了，在土地上过着比他人快活的日子。城市的繁丽被假象所迷惑，被吸引的城里人来到农田周围东游西逛，产生了对褐色皮肤，粗壮的农夫在骄阳似火下汗流浃背干活的同情心，而农民也有充足的理由怜悯城里人，因为城里人成年累月地呼吸着被污染的肮脏空气，身体弱不禁风，成天神神道道的，感受不到难能可贵的阳光，更不用说闻到有益于身心健康的泥土芳香，享受绿草如茵的田野其乐无穷的趣味，嗅到青草发芽、树林飘散着的芬芳气息了！城里人应该经常喝些味美思增进食欲，服些安眠药睡个好觉。

我的孩子啊，若将来有一天你拥有一块属于自己的土地，让在土地上为你干活的雇农为你祝福吧！你跟他们朝夕相处，肯定会延年益寿的。农民诅咒人生，饥寒交迫，患糙皮症和疟疾是社会造成的罪恶，造成这种现象的人将会像盗窃犯和杀人犯那样受到惩罚。

大部分农夫生来就是贫穷的。他们仅仅受过初等教育。发达的肌肉和在跟他们一样的父辈眼皮底下学到的些许人生经验是农

---

① 希洛人，古希腊斯巴达的国有农奴，这里指社会最底层的人。

夫的资本。结果农夫沦为身强力壮，鲜有智力，只会种田耕地的高手。

从种田的普通"士兵"中脱颖而出"将军"，他们有的骑着马，有的驾着马车驰骋在属于自己的土地上，指挥别人劳作。这时的佃农已经成长为自己和他人土地的管理者。为了从土地上获得更大的丰收而又不让土地丧失肥力，他们必须拥有超常的智慧和知识。这个时候佃农已不是普通"士兵"，而是一位"军官"了。他手下的人，包括自己家人和其他佃农听他的指挥，忠心耿耿为他效劳。他已从佃农变为土地的所有者，是主宰一方水土的幸运儿。他在农田周围悠然自得地散步，满怀自豪地自言自语说："这土地是我的。"谁会有这样的福分呢！

农夫比其他任何人都更接近大自然之源和生命的摇篮。要知道，那里是产生无限力量的圣地，是健康、财富和欢乐之地。农夫是人类社会的第一个劳动者。他像一位君主那样驾驭着四大要素：气、水、土和火，并把它们变成我们的面包、酒和衣物。

一切都来源于泥土，最后又回归于泥土。艺术、工业、书籍、绘画、宫殿和钞票都是最先扎根于泥土的，供我们吃喝穿戴、让我们快乐的一切均来自我们整天整天踩着的大地母亲，然而，她对忘恩负义的孩子却毫无怨言，总是用微笑履行自己的义务。

农民首先是幸福的，因为他们沐浴在大自然的光辉下，初升的太阳向他们洒下第一缕光线，夕阳的余晖又向他们惜惜告别，露珠向他们含笑相迎，雨水冲走污泥浊水，天空是他们的天然浴缸。

大小生物，有的匍匐爬行，有的跳跃，有的飞翔，绿油油的草地，茂盛的灌木丛，迷宫般的幽深山林……这一切都是大自然恩赐给农民的神圣乐章。文化知识的贫乏使得农民难以理解诗歌，但他们却用眼睛、耳朵和皮肤来感受与汲取大自然的精华，同样过得无比快乐。农民长时间待在垄沟旁或树荫下，不跟任何人交谈，因为他们直接面对大自然，与其轻轻絮语，感受其脉搏跳动，琢磨其需求，抚慰其任性。

农民，即使是无知的农民也很少是胆小鬼和灰心丧气的人。只有跟伯爵和侯爵说话时，农民才显得局促不安，可他们每时每刻都在跟万物的第一要素攀谈。他们把唤醒熟睡万物的阳光、养育万物的土地、滋润着万物的水、净化着万物的火视为自己的家人和知心朋友。农民只是原料的生产者，而人类社会的其他劳动者则转换农民提供的原料，并摧毁其所做的一切。农民不仅向繁闹的市镇送去面包和肉类，还医好了我们的消化不良症。由此可见，农民不仅是我们的养育者，还是我们的第一个医生。

过上小康生活的农民来到城市，沿着大街小巷东游西逛，看到城里人的房子像一排排长长的衣柜和箱子，看到如同书店里陈列的书那样拥挤不堪的人流，看到在咖啡馆里的顾客摩肩接踵，想必他们对我们城里人的恻隐之心会油然而生，深深地真心实意地怜惜我们。

农民有充足的理由相信，草原和田野就是他们的地板，天空就是他们的穹隆。他们的房子就是没有钥匙、没有门闩和没有墙壁的田地和天空！

过上小康日子的农民比其他任何人都享有更独立的生活。他们无须为了准时到达办公室而时常看表，他们想休息几天，也无须在公文纸上向科长写请假条。太阳和大地是农民真正的主人，可他们不直接接受太阳和大地的指令。他们累了或感到身体不舒服，无须等主人同意，就可以回家休息。要想抽烟，就可以躺在树荫下，衔着烟斗，无须上司的允许，尽情地抽个不停。他们的活干得很多，可干活是自由的。他们把人生的这种珍贵的快乐——每个人的尊严——视为最凉爽的树荫。如果说今天农民中还有很多奴隶，甚至大部分是奴隶的话，那么这种现象将一去不复返。这种社会极不公正的行为，再也不能延续下去了。法律有办法结束这种不公平，而机械化的进程将是结束这种繁重体力劳动的灵丹妙药，人们应该尽一切可能地参与减少人类遭受痛苦的过程，用心灵的汗水去代替肌肉的汗水。

面对富人的所有蛮横无理和强权政治的一切专制独裁，农民只有当面一笑了之。他们边罢工边对大脑说出胃曾经对大脑说过的一句话："我不干活了，你有何想法？"

农民是独立自主的，是自由自在的，而他们的劳动是最有益于健康的。身体强壮，生活富裕的农民，比其他人都长寿。没有农村，没有强壮的四肢向城市源源不断地运送给养，用不了一个世纪，城镇人口将大量减少，欧洲的大都会将沦为不宜居住之地。到那时，只有很少的城里人说他们和祖父出生在同一个城市，而任何人都无法说出曾祖父的情况。

城市是一部机器，摧毁和吞噬为我们贡献一切的土地，城市是男人和女人催生花草和果实早熟、损害你生命的火炉，城市是产生持续不断的狂热之地，是压抑人类所有精力的巨大轧碎机。城市里追求时髦，怀抱偏见，慕求虚荣。这一切都耗损着美好事物最好的一面——满腔热情中最新鲜、最纯洁的东西。你必须每年用几周时间到农村这个巨大的、令人鼓舞的游泳池去经风雨、见世面，不然的话，倒霉的只能是你自己！

　　农民的劳作并不仅仅是独立自主的，也不仅仅是有益于身体健康的，而且还无限地、极大地愉悦着他们的心灵。希望就是未来，希望永远是人类快乐最美好、最可靠的源泉，希望没有终止的时候，永远闪烁在农民的上空。农民播种后，他就满怀着希望。农民看到金黄色的麦穗，他就心存希望。葡萄树散发出醉人的桂花似的芳香，农民看到了希望。一串串花的希望收获的是满满粮仓，是整桶整桶醇香飘散的葡萄酒，是充盈厨房的菜蔬和果品。

　　农民的生活交织着无限的希望，颇像一个欣喜若狂的观众沉着、从容地欣赏节目，他们亲眼看见自己劳作的轮回往复，种子如何一天天转换成叶子，叶子如何转换成花儿，花儿如何转换成果实。农民每时每刻，日复一日地目睹季节的更替，大地的复苏。浅绿不经意间就成为一片翠绿，枝繁叶茂，果实累累，紫色或金黄色的葡萄串串挂满枝头。冬季万物休眠，可地下深处却涌动着新生命。春回大地，新生命便破土而出。

　　农民过着大自然恩赐的舒心、轻松、温馨的日子。农民简朴和清贫的生活，使得他们跟万物形影不离，亲密无间；万物为他们出生、为他们生长，为他们死亡。农民颇像主持宗教仪式的祭司，冥思中感同身受上帝就在自己身边。农民也是大自然的祭司，他们比其他任何人都贴近大自然，与大自然心心相印，对大自然顶礼膜拜，情深意厚，永远虔诚。一个没有种过地的人，他怎么也想象不到，当农民手里拿着一个硕大的梨掂量来掂量去准备出卖时，他享受多大的乐趣哟！要知道这个从四月开白花到长为成熟的梨是他精心培育出来的啊！农民痴醉地望着眼前的一大堆小麦，要知道，每一粒小麦都浸润着他滴滴汗珠，这个时候他是多么的兴高采烈呀！农民听到从酒桶里汩汩地流出清香美酒时，他是多么的满心欢喜啊！在他看来，从滴滴酒中仿佛升腾起一线阳光，感到那里有他辛劳的汗水。农民既有喜悦和乐趣，又有懊恼和惋惜，不过后者与前者相比，是微不足道的，好像清澈的天空也俯瞰鲜花盛开的大地，细细品味、长时间欣赏，跟农民一样分享快乐。

农民也有职业之分。在这支朴素的大军中，有菜农，有园丁，有牧民，有在田间劳作的，有外出打零工的。农民翻地，剪枝嫁接，或者赶着牛羊来到草原和森林放牧。我们的指挥官和将军均来自这支劳动大军，他们为实现祖国的工业化、为自己的富裕创造着宝贵财富。菜园的耕作和丰收的喜悦都仿佛集中、封闭在一个狭小的天地里。

一棵果树就跟一个人差不多。一个飘香的果园就是一座充满生机的学校，挂满枝头的果实如同孩子们的金黄色和棕色的小脑瓜苗壮成长，终有一天，孩子们的脑袋会长成大人的脑袋，甚至成为英雄的头脑。

园艺家颇像在一排排课桌间走来走去的老师，欣赏着片片果园，想起对果木嫁接、中耕和剪枝的厚爱，想起所有经历的种种艰辛，如同老师把小孩子培养成公民那样，把一棵棵幼苗培植成枝繁叶茂、硕果累累的大树。

园艺家在他园子里转来转去，一个一个打量着他的"学生"，对"他们"絮絮不休地叙说着什么，每个"学生"用微笑来回报他。梨树笑吟吟地回忆起自己漫长的成长经历。从破土而出之日起，园艺家就对它精心培育，它渐长成指向湛蓝晴空的大树，青枝绿叶，如同迷宫密密层层。春季，雪白的花朵雨点似的纷纷扬扬，青涩的幼果变得微红、光亮，它们感受着人们的抚爱与温柔，园艺家靠手臂的力量和额头的汗水将它们转换成累累硕果。

园艺家对果树和果子是这样的一往情深，他们首先将凭高超的园艺技术培养出来的最好水果送给朋友和市场，而自己专吃干瘪的和长得不好的小果。在这些醉心于自己职业的园艺家衣袋里，或在他们制作烟筒的薄板上、你会找到或看到人们从窗口扔下的、他们又捡回来的腐烂芒果、发霉李子，要知道这些被遗弃的该死的"残羹剩饭"也有它们的故事，同样是人类历史的见证，土地所钟情的圣物。

园艺师从果园走进茶园。一片片嫩绿、鲜亮的甜菜和生菜生机勃勃，他悠然自得地漫步其中。他徘徊在高大的棚架前，上面挂满了红似火的西红柿；他迷恋的目光停留在茁壮挺拔的芦荟上，流连忘返；他痴迷地望着光亮、紫色的茄子和个头硕大的球状南瓜。那么多不同的品种，那么多不同的色彩！到处是一派生机！谦卑的森林葱翠茂密，宽大巨型的叶片犬牙交错，如同绿色的油彩那样耀眼。果树丛丛，黄色的、金色的、白色的、紫红色的花……这一簇，那一片地争奇斗艳。果实累累，有的挂在高大交错的枝丫上，有的从枝杈上垂下来，有的舒舒服服匍匐在地面上，有的依偎着细小的支柱而悬在半空。菜园、果园、森林树木浑然一体，织成锦绣山河大地。

漫步在精耕细作的菜园里，看不见任何一棵植物是忍受着干渴的，没有任何是不开花不结果的，不开花结果的叶子是残缺不全或是枯萎的，走进这样的菜园，就如同置身于豪华的餐厅厨房，一排排身手不凡的厨师为客人准备着丰盛的筵席，一股股香喷喷的味道从平底锅里扑鼻而来，强烈地刺激着客人的味觉，让其胃口大开，垂涎欲滴。

啊，园艺家是多么幸福的人哟！他兴致勃勃时，经常检阅他那无数的、不同层次的"臣民"，向"他们"说几句悄悄话，从其豆荚和果实那里找回人类性格的漫画。

菊苣，其叶虽苦，却能治病，而且越绿越苦越有效。菊苣颇像一位粗鲁质朴的正人君子，对所有认识的人，说着自相矛盾、然而真切的话：良药苦口利于病。

莴苣看似懒散、呆滞、睡眼惺忪，实则可视为信赖的朋友，矗立在生命的花坛里，难道它不是代表着温顺、憨厚的形象吗？

芦笋像早熟的少年，很快地长出多汁、鲜美的嫩芽。要是不及时采摘，果肉就会疯长，变成毫无价值的细小茎条，更不用说什么味美可口了。

西红柿颇像很少洗澡、缺少芳香的"农民"，但它向你奉献的却是鲜红多汁的果肉。它是像"平民百姓"一样身强力壮、对身体大有益处、大家都喜欢的"当家菜蔬"。

茄子，其果实有绿色和淡紫色品种。为了外表的色泽光亮，它所吸收的营养被消耗殆尽。茄子是一种"轻浮"的蔬菜，用刀子剥开它，果肉乏味、粗糙，给人以虚荣的花花公子的形象。

自豪和傲慢难道不正是品种各异的南瓜的写照吗？南瓜看起来很大，里面却空洞洞的，果肉差不多净是水分，个头再大浸进水里也总是轻飘飘地漂浮着。南瓜颇像一个不能独立的人，别看它枝叶茂密，不过是一种假象，它这是缠绕在别的树木的枝头上，才显示出鹤立鸡群的样子，似乎要比其他植物长得更高。但你只要用尖石块碰它一下，或者用小刀划一下那脆弱的茎，它将马上遭遇灭顶之灾。巨大的南瓜躯体全是空的，于是它很快倒栽葱般地掉到地上。

乍一看，香瓜有点儿像南瓜，但它"心灵美"，从不奢望"高人一等"，顶着小巧玲珑的黄色花冠，把美味可口、芳香开胃的果实，默默无闻地藏在田地的垄沟里，实在是一位沉默寡言，谦虚谨慎，忠于职守，不求功名的正人君子形象！

辣椒，其样子弱不禁风，任性，颇像小孩子那样爱发脾气，它"为人刻薄"，善于讽刺、挖苦，能腌制成各种各样的淡紫色的浆果，它的"每句话"都等于一个刺棒，"每个眼神"都等于一滴四溅的"毒汁"，给人以"造谣中伤者"的形象，如同一幅讽刺漫画。

马铃薯看起来是个"憨子"，实际上，它树立起一个骨子里有着善良美德的平民百姓的形象。

萝卜的汁液酸辣刺鼻，可它并不是一个粗野鲁莽的"汉子"。

芜菁、菠菜和甜菜全都奇形怪状，是一些粗俗到给人带来快乐的"活宝儿"，是一群"芸芸众生"，可以用任何调料来烹调，就像一个人过着没有荣辱、默默无闻的普通生活，颇像那种既不招人喜欢，又不给别人带来麻烦的人。

向日葵抬起臃肿笨拙的头，居高临下地傲视"寻常百姓"，它是把光宗耀祖的希望寄托在院士头衔和爵士称号那些人的最忠实的代表。盘子似的金色花冠宛如绶带系着的勋章，能模仿太阳的样子滑稽可笑，沾沾自喜的虚荣心，跟实实在在的荣耀不可同日而语。向日葵是草本植物，却要摆出一副大树的架子，然而它那高大挺拔的茎如同蒲扇的叶片，圆盘状的花序最终收获的仅仅是喂养鹦鹉的种子！

园艺家从菜园收获的不仅仅是审美的乐趣或劣质的产品，还为自己收获里拉，为国家收获银币。但愿有更多的人能从事这种有益于身心健康、享受快乐的美好职业。在意大利仅仅一代人中，就需要有数百万的新人注入这个行业中去。

读了我的文章后，哪怕只有一个人爱上了园艺事业，或者为意大利又增添一个园艺家，那我也是很高兴的。假如这个园艺家变得富有了，死前把自己的经历写成一部书，激励更多人立志去从事园艺事业，那我就更高兴了。

我们的国家阳光充足，土地肥沃，可培育出来的草莓和甜瓜却赶不上法国，梨子比不上英国，马铃薯不如德国，我们应该感到惭愧，这种惭愧还要持续多久呢？

园丁是农民。他在花圃的架子上，在温室中精心培育花儿，精选最艳丽的花朵，编制成色彩缤纷的花圈，吊祭逝去的友人。

园丁是画家。他从大自然的画板上索取颜色，用其画出大自然永远也生长不出来的新鲜花朵和新鲜枝叶。

园丁是艺术家。他收集散落在时空中的音符，用自己灵巧的双手创造出引人入胜、形式各异的和谐乐章。

园丁是魔术师。他以迅速敏捷的技巧来掩盖实在的动作，用新鲜的色彩和新颖的形象，神奇地向我们展示新型的创造物，使我们感到这是他施展魔力的结果。

啊，园丁是多么幸福哟！他种花、养花，促使其茁壮生长，让其永远繁衍生息。他徜徉在花的世界里，过着美好的日子。园丁比教师幸运千百倍。做教师的，他要培育最丑的、最忘恩负义的"人类植物"，而园丁只需从花坛中、从温室中除掉那些不美、不可爱的就行了。他爱好看的花，但并不因为其好看就心满意足了，原因是他喜欢最美的花。

园丁真幸运！他只为培育美丽、繁衍美丽而活着，为更快乐的生活增色添彩，把耳目一新、总是受到赞誉和迷人的素材奉献给美的研究者。这位幸运儿把创造美作为自己的天职，在花丛中徘徊，用鲜花去收获赖以生存的面包。我航行在茫茫大海上，在商人的办公桌上消磨了大量时间，跟大地上所有其他生物相比，我最喜欢花儿，一直羡慕园丁，甚至我觉着园丁吃的面包也散发出更为芳香的气息，如同他播种、收获的鲜花那样散发出浓郁的醉人幽香。

并不是所有美观都是园丁感兴趣的。他培育的新品种，为科学研究提供了极为丰富的思考材料，为国家的富裕提供了大量的财源。像意大利这样肥沃的土地并没有收获属于她自己应该收获的所有作物。尤其是在花卉栽培方面，荷兰、比利时、英国和法国已远远把我们抛在后面，这是我们的另一个耻辱。我们的阿尔卑斯山脉生长着极地①的所有最美丽的花卉，我们意大利的南部和其他岛屿大面积地生长着北非最美丽的花卉，还有冰川的火绒草和龙胆、澳大利亚的金合欢和好望角②的石楠都可以在意大利种植，它们编制成一束花该多好看！

啊，我要能用一根魔杖把一半的意大利蹩脚小职员变成更多的园丁、园艺家和农民，那该多好！若做到这一点，意大利将会更健康，农事女神"萨杜妮娅"中也会少一些愚笨痴呆的人！到那时，将会有多少科长向我们提供他们登记册中最美味可口的芜菁啊！会有多少从事园艺行业的处长向市场提供他们卷宗中最丰满的南瓜和他们称之为清脆可口、易于消化的黄瓜啊！

农民也总是牧民。一个完美的农民同时也要经营牧场，修建羊圈及牛舍，这就等于一杆秤上的两个秤盘子，牧场是牛长肉、绵羊长毛、山羊产奶的圣地，从圈里出栏的家禽和牲畜源源不断地运往市场。

---

①极地，极圈以内的地区。

②好望角，位于南非共和国，是非洲最西南端的岬角，原称风暴角，后改为好望角。

有时候，一个人仅仅经营畜牧业，也算地地道道的牧民。他们成年累月地生活在野外，跟天空、花草和羊群交谈，对他们放养的数也数不清的每个"活宝"的情况了如指掌，如同家人亲密无间，无话不说。

畜牧业是一种有益于健康的职业。这种身份卑微的行业，鲜有晋升的机会，不需要太多的智慧，不需要付出太多的辛劳，然而，只要沿着长长的阶梯，便可从低下的地位变成大群牛羊和马的饲养者，成为富有的人，完全可以为国家的繁荣昌盛大显身手或效犬马之劳，并以此为自豪。意大利为怀有雄心壮志的人提供了广阔的空间，你完全可以在这片热土上摘取桂冠，在人类进步的史册上赫然地写上你的尊姓大名。现在，最好的羊、最漂亮的马和长着最细毛的羊都可以在阿尔卑斯山脉一带找到。以前曾有过一个牧羊人当上国王的记载，如今的印度，把一位强大君主的尊称赐给了一位牧民。

最好到南美洲亲眼看看一个牧民到底有多么重要。

布宜诺斯艾利斯、科尔多瓦、恩特雷里奥、圣菲①和阿根廷共和国的其他所有省的牧场主，可以说全是大地上最有福气的人。他们骑着银光闪闪的骏马，尽情驰骋在大草原上，"检阅"千百成群的肥壮牛羊，或者把它们驱赶到围场去打印出栏的标记。马蹄的嗒嗒声在远处回荡，牧人以拥有这支属于自己的生气勃勃的大军而自豪。

孩子啊，你别以为当农民和其他类似的职业一切都是美好的，任何职业都有危险和烦恼，正如一枚奖章有正面和背面，每天有昼夜之分一样。

---

①布宜诺斯艾利斯、科尔多瓦、恩特雷里奥、圣菲，为阿根廷的地名。

农民、园艺家和园丁成年累月地经受各种环境的洗礼和考验，比别人更容易遭受关节风湿病的折磨，并由此而酿成大病，但与生活在野外，能享受充足的阳光，有益于身心健康相比，上面提到的弊病实在是微不足道的。

其他的巨大灾难是突如其来的暴风雨带来的，一年丰收在望，会在短短几小时内化为乌有，保险公司也无法赔偿农民的巨大损失。

新的、可怕的病虫害对牧场来说，如同一场残酷的战争所带来的灾难。仅葡萄树遇到的病虫害比人类中的败类还要可恶可恨。

时刻出现的经济问题也困扰着农民，比如销售产品的市场突然关闭，在无法与外国产品竞争的情况下不断改种作物，以最低的价格出售小麦和油料。所有这些伤心与痛苦都搅得农民心神不宁，尽管他们多么勤劳，多么聪慧，付出了艰辛，一年下来却鲜有所获。

灾难并没有结束，过上小康生活的农民或者富农、地主在努力经营自己土地的同时，也离不开别人的鼎力相助，这样他们会随时与别人发生摩擦，纠缠不休。也许他们的无知阻挠了事业的发展，也许他们掺假的产品大大影响了其销售，劳动成果得不到应有的回报，更为糟糕的是颁布的法律首先保护的是国家的工业化，结果农业本身抑或在这一领域内被排斥和被蔑视的人的极端贫穷化反倒使农民丧失了理智，成为扼杀自己的元凶。农民们的所有这些敌人都是不可能轻而易举被打败的，反而搅乱了农民未来宁静的心灵，把城市狂热病派生出来的那种担惊受怕和焦虑不安带到了他们赖以生存的大地乐园。

海　员

我的孩子啊，如果向别人建议什么样的职业是最好的话，我必须热情地对你说，到船上去，驾着帆船随风荡漾，搏击风浪，航行在无国界的海洋上，这是所有大无畏男人的事业。去吧，把印度的钻石，斯堪的纳维亚半岛的毛皮，澳大利亚的羊毛和美洲的糖带回你的祖国！你可以在甲板上悠然自得地漫步，上帝把那小小的天地作为家园赐给你，你可以听到各国的语言，尽情地欣赏各地的美景。历经风风雨雨，你的体魄锻炼得更加健壮，带着无限美好的记忆返回故乡，而你从世界五大洲带回的纪念品足以把故乡打造成一座富丽堂皇的官殿。

这里我并不打算向你夸耀海员的行业是多么美好，只想提纲挈领地做些简单的介绍。如果我的描述是真实的话，你将很快知道我描绘的画像是哪个人，正如塔西佗^①所希望的那样，你将平心静气地做出正确的判断。

没有强健的身体和勇猛如狮的顽强意志，你是当不了海员的。搏击海浪需要勇气，作为船长，为了搭救在你船上的所有人的生命，这种勇气更是必不可少的。

假如你手臂有力并有顽强拼搏的勇气的话，假如你爱挑战新事物并勇于应对意外事变的话，假如你能忍受饥渴和不挑食的话，假如海水咸味的芳香不会让你忘乎所以的话，假如笼罩在大海上每天的死一般寂静不会把你的心灵变成一片荒漠的话，假如长期怠惰的烦恼顷刻间冰消瓦解而激荡于胸怀的感情波涛不会引起你惊慌失措的话，假如艰难困苦的事业对你有吸引力的话，那你就

---

① 塔西佗（约55年—120年），古罗马元老院议员、历史学家，主要著作有《历史》《编年史》等。

去学会如何使用指南针和六分仪，做个海员吧！

空气清新纯洁，吃起东西来胃口大开，品尝腌制鳕鱼干比野鸡的味道还美，眼前逍遥自在的快乐生活与惆怅无声的甜蜜回忆交错成美妙的乐章，大海和天空连在一起，烟波浩渺，无边无际。看似一成不变的景色——阳光、波浪和长空实际上每天都向你展示着新的画卷，你伫立在船头，其乐无穷啊！

你要是不想成为俯首称臣的海员，那尽快成为船长，这样，你就可以享受指挥他人的无限快乐，成为对所有"臣民"（即所属你的船员）行使绝对权力的国王。只要你善于用温柔之心去调和严肃的纪律，那你会成为受到爱戴的另类带头人，比如说船长、将军、厂长或商店的老板等，这些正是我希望你能做到的。

长年累月地忍受无限孤独和寂寞生活的海员都是同一家庭的成员，而船长则是他们的一家之主。家越小，连接他们之间的爱则越深，没有任何一家像一条船（即便是一条大船）的人们间那样更亲密无间了。窗户是小的，卧室如同盒子，然而，窗户和卧室伸向宽广无边的地平线，引起人的无限遐想。海面就是地板，长空就是天花板，世界上没有任何一个地方的人会同时很好地感受到自己是这样渺小，又是那样伟大；也没有任何一个居住地的人能浓缩这么多的爱，能引起这么多的沉思了。一条船就是一座安乐窝，一座在空旷寂寥中悬挂在蓝天碧水间的安乐窝，人人都爱这个安乐窝，蜗居一隅，展开想象的翅膀，在无限空间翱翔，着力培育无限的爱。

轮船起锚开船后有多少大大小小的怜悯留在了岸上啊！又有多少看似难以化解的怨恨在无边无际、水天一色的阳光照耀下顷刻间烟消云散了啊！天空晴朗透明，阳光灿烂，使得霉菌和蕈菌不能繁殖和生长，通风不畅时，它们会像腐烂物毒化空气一样也毒化人们的灵魂。

海员留在陆地上的亲情一直在漂浮的温馨安乐窝里保持鲜活的印象，永远留在他们的记忆中。远航归来的海员往往长时间陷入对往事的沉思和回忆，重新燃起了尽快踏上另一次征途的希望和渴盼。没有任何一家之主能像海员那样更温情的了。他们把对自己孩子的思念深深埋在心底，在寂静无声、沉思默想中，孩子的形象每时每刻都浮现在他们的眼前。只有穿洋过海周游世界后他们才会热烈亲吻自己的孩子。

颇像给轧钢添加淬火①那样，大海的生活可以把人的性格磨炼得更为坚强，使人格变得更为完美。航海生活使人勇敢，养成宽宏大量的美德，向我们展示了人们亲情的全部价值，让我们变得仁慈厚爱、慷慨大方。生活在大海上的人颇像宿命论者，但这肯定不会影响他们的幸福生活。热情奔放的海员明天面对的可能是死亡，可今天要尽情地享受比别人更丰富的生活，是逍遥自在、无忧无虑的生活，然而确实是高尚的生活。他感到身强力壮，胃口好、吃得多，睡得香，多么惬意啊！

我想当大地上的农民，大海上的水手。假如一个人在有限的生命中既当了农民又当了水手，他就在死前从天地万物中最大的两个元素——土和水②中获得了理想的快乐。气还不是属于我们的（气还指天空、苍天，这里寓意上帝——译者），火不是为我们所用的（这里的火是引申词，寓意地狱、烧杀和洗劫——译者）。我的孩子啊，你要是像你父亲那样想成为一个海员的话，你务必牢记：向这个方向努力，让意大利重新获得与它相匹配的世界海

---

①淬火，把金属工件加热到一定温度，然后浸入冷却剂（油、水等）急速冷却，以增加硬度和强度等。

②古希腊哲学把土、水、火、气视为构成一切物质的四大要素。

洋地位。几年前，意大利的商船在欧洲位居第二位，今天它已落后几个台阶。这对横跨两大洋，作为连接东方和西方桥梁的意大利来说，简直就是不幸和耻辱。

海员的生活也有阴暗的一面。没完没了的危险，无穷的苦恼和焦虑，透支体力，劳累过度。

永无止境的责任心，包括远航中对遇到的人的责任心。

非自己所愿的松懈和懒散，还有棘手的难题，过多的应酬。经常品尝跟家人、家庭、朋友和祖国的长期分离之苦。

必须经受因忍受和执行严格纪律而带来的苦恼。

商　人

我们几乎都是商人，买卖东西是习以为常的事情。地里收获的果实，我们的知识和学问，我们的建议和思考，甚至我们的赞美之词都可以进行买卖。

但是还存在一个专门从事商业、穿梭来往于生产者和消费者之间的特殊阶层——商人。商人手中握有大量商品。每种商品出手前，商人都要加价，因为他必须赚得一些钱，作为他付出辛苦和花费时间的回报。有些当地生产的商品值一个索尔多，经过很多商人中间倒腾，贩卖到市中心、成为消费品时，就值十个索尔多了。

从卖火柴盒的小商贩发展到赫赫有名的罗特斯吉尔德银行世家①走了很长很长的路。可是消费者始终被相同的商业运作所左右。有的人将价值四个银币的货物卖了五个银币；有的人将

---

① 罗特斯吉尔德银行世家，欧洲著名的家族，发展成19世纪欧洲经济史上有影响的银行集团。

九百万里拉拿到证券交易所交易，结果卖了一千万个里拉。

贱买贵卖，今天贱买，明天贵卖是所有商业运作的基本规则。如果大家都按规则办事，像按字母表那样发音，分音节遣词造句、写文章做报告，那么，商业的这种运作可以说是严肃认真的，可严肃的合格的商人是屈指可数的。

一个完美的商人必须具备很多美德。

首先，要有敏锐的目光，从不上当受骗，选择好买卖的有利时机，有些人嗅觉灵敏，能够捕捉到最佳商机，像训练有素的猎犬一样，能够嗅出空气中和远处的异味，不放过任何一个猎取的机会，而另外一些人本来可以捉到困兽犹斗的野兔，可视而不见，结果一无所获。

其次，拥有经济头脑是商人最主要的素质。你要是糟蹋和挥霍淘来的第一桶金子，那你就会陷入困境。第一桶金子来之不易，谁不精心保管好一百个里拉，他就没有希望积攒一千个里拉。

再次，只有敏锐的目光和经济头脑还不够，还需要有很大的耐心。耐心是为了坐等猎物的出现，窥视其动静，随时捕捉。商业活动如同变化无常的天气，让人难以捉摸。有时是阴雨连绵，有时是晴朗透明，有时是阳光灿烂，有时暴风雨可以把粗大的树木连根拔起，有时雾霭蒙蒙，有时热浪滚滚。每种天气的来临都是有征兆的。做生意有顺风顺水的时候，也有举步维艰的时候。

想发财致富，喜欢城市生活并且有从商天赋的人，那你就选择做商人的职业。除了赚得盆满钵满外，你还可以享受宁静的快乐生活，体验特殊诗歌的乐趣。

挖掘、寻找和推出新的财源如同发现并征服新大陆那样极具诱惑力。在一些充满冒险的交易中，商人激情满怀，感受到强烈的心灵震撼，凭借精神激奋这个平台，商人可以到达遥远的彼岸。

这时候的商业似乎是赌博的代名词，投机成了一种恶习或孤注一掷，往往与对手拼个鱼死网破。

有些人并不总是积累了大量资本才开始经商的。交上好运的人，或者获得巨大成功的商人，起初是靠经营店铺和货栈完成原始资本积累而带来滚滚财源的。一个变富的人，在创业之初往往是很少通晓经营管理之道的，他必须尽快懂得一个铜板的价值，学习如何将一个铜板变成一枚银币、一张价值一千里拉的钞票。

商业领域的竞争与搏斗给其本身蒙上了一层迷人的神秘色彩。

激烈的竞争富了个人，也富了国家。世界上的第一批商人是英国人，他们也是最理想的诗人。尽管英国人把买卖变为他们生活中最重要的交易，然而，他们足智多谋，其所蕴藏的文化财富也是名列世界前茅的。

我们中间存在一种偏见，认为经商是卑贱的。要是每种职业由卑贱的双手来操纵，职业也就变得卑贱了。诚实的人从事商业，职业也就变得高尚了。一家货栈的老板靠诚实的劳动，用大大方方赚来的钱维持生计，逐步过上了舒适的生活，而一位卑微的小职员尽管每天干六小时琐碎、无聊、辛苦的活儿，挣那点儿血汗钱还不够养家糊口，并且经常遭一个或其他一百个迂腐白领人的白眼和斥责，试问货栈老板难道没有小职员高尚吗？

孩子啊，如果你觉着自己有经商的天赋，我并不反对，那你就去做商人吧。但我首先提醒你要始终考虑一下人生岁月的最后理想。也就是在你进入老年前，不再经营店铺或货栈，以便能享受宁静的休闲时光，在人生的最后几年能过上称心如意的日子。

当你在青春年华时期，或者进入成年后，而感到身心疲惫的时候，你不妨每天至少抽出一个小时做一做诗歌、艺术和文学的梦。那些总是一心一意想着赚钱的人，不管主观愿望如何，最后总会成为拜金狂。这个时候展现在你面前的不再是什么金银财宝和钞票，而是心灵的枯竭。很多人本想有一天能享受因积累财富带来的乐趣，可是他们的爱心早已消失，热情早已殆尽，所以无法享用经过千辛万苦积累起来的财富。这就好比有人辛辛苦苦准备好一席盛宴，可坐到餐桌即将享用时却胃痛难忍，再也没有一点儿食欲了！

经商的另一个危险是失去透明度，只顾昧着良心赚黑钱，滑向一个又一个深渊，我们必须做一个自尊和值得他人尊敬的商人。商海中，十足的恶棍是很少的，但奸商、投机分子和商业的诈财骗子是屡见不鲜的，这些人的行为如同一个个阴影使商业这个行当黯然失色。尽快让大家心悦诚服的最好做法是靠诚实发财致富，诚实是信用的基础，信用是一笔资本。

我记得自己在普拉塔^①有过从商的愿望。我恳求一位当地富豪给予指导和帮助，可他没有问我有没有资金，而是问我守不守信用。为人不老实正直、绝对可靠，怎么会守信用呢？

工业家

工业家是商人的难兄难弟，又是交往甚密的亲戚。

工业家不仅出售别人的商品，还生产商品，或让别人销售他的产品。

工业家是国家最有功劳的公民之一。当他们成功地生产一些优质新产品时，就等于为国家财富的增加开采了一种富矿。

英国人、北美人是世界上最富有的民族，因为他们的工业向

---

①普拉塔，阿根廷一地名。

其他地区提供了优质廉价的产品。近几年，德国正全力以赴改造老工业，打造新工业。

我想起曼特伽扎教授去年在我的花园里给我讲起的一件奇闻趣事。

曼特伽扎教授荣幸地受命参加了一八八五年冬季在柏林举行的刚果学术会议。他有机会在一个晚会上与德国皇太子做了长时间的交谈。晚会是由皇太子在他下榻的宫殿里举行的，以招待前来参加会议的全体成员。

皇太子面带微笑，举止优雅，是欧洲最富有同情心的人之一。他问曼特伽扎教授对柏林有什么印象。

"很好。"曼特伽扎教授回答。曼特伽扎教授三十年前曾到过柏林，三十年后柏林已成为世界最壮丽的大都会之一，他再也认不出这座城市了。

皇太子彬彬有礼地微微一笑问："您认为我们真的有进步了吗？"

"是的，殿下！你们用武力战胜了法国，而且你们在工业尤其是在文化、艺术产业方面也想战胜法国。"

"这是我所盼望的，也准备全力以赴达到的唯一胜利。"

皇太子说得完全对。在各国人民以文明为主的竞争中，胜出者肯定能到达胜利的彼岸。工业的发达意味着可以为贸易的发展带来广阔的空间，意味着硕果累累，经济繁荣，征服世界。英国可以为拥有一支强大的舰队而自豪，但是如果她没有充裕的商品，没有可供各国享用的商品，她根本不会成为目前这样最强大的文明国家[①]。

---

①一百年前，英国是世界上最强大的国家。

意大利产品种类不够丰富，质量也差，还是个贫穷的国家。当我得知具有高尚灵魂的比西奥①准备在印度开辟意大利商品新市场时，我毫不客气地问他意大利在印度出售什么东西。对于我的问题，他很尴尬，不知回答什么，只是脱口而出说："火柴，少量的油和通心粉！"

近几年，我们花了很大的力气来摆脱大大落后的局面，避免做欧洲工业化的尾巴，可我们依然处于中等水平，还需要做出坚持不懈的努力来改变这种状况。

孩子啊，你要是能在别国学到一些先进的工业技术，并引进到你的祖国，我将从内心深处为你祝福，向你这样一位功德无量的公民致敬！当你在自己工厂的车间走来走去时，听到的将是机车的汽笛声、机轮的吱吱嘎嘎声、各类机械有节奏的轰鸣声以及工人们的低声细语。这个时候，你才会感到自己是巨大动力实验室的国王和王子，是创造财富这巨大源泉的老板和霸主。只有这个时候，你才有可能扬起高昂的头，看到"各类资源"在你卓绝出众的帝国（你任其总理）版图内向你"卑躬屈节""俯首听命"，才有可能自豪地把面包和财富带给数以百计的工人。他们将是你意愿的忠实扮演者，是按照你的理念打造起来的、得心应手的工具，你教他们如何把力学原理抑或千变万化的化学魔法运用到机械器件上去。

艺术家

孩子啊，倘若有一天你成为艺术家，我会向你祝福的，我还

---

① 比西奥（1821—1873），意大利民族英雄、参议员。

要向大自然祝福，因为她把大地上最值得羡慕的礼品之一——艺术家的称号馈赠给了你。

艺术家是造物主的竞争者。他是个魔术师，会把白垩土捏成各种模型，手执画笔或角尺，把一块寂静无声、无动于衷、坚硬如铁的原料打造成一件会跟你说话、向你微笑和哭泣的栩栩如生的物体；是个在人行走的羊肠小道上撒满鲜花的魔术师，而这些鲜花永不凋谢，冬季跟夏季一样争芳斗艳，跟怒放在王子宫殿没什么不同，也同时永远盛开在穷苦人家的栅屋草舍中。

跟其他所有动物一样，人类每天都要吃喝拉撒睡。艺术家也跟普通人一样，打造安乐窝并蒙头大睡，可他感到周围的一切并不是一个生龙活虎、称心如意的世界，他想用新物体去塑造一个全新的世界。他觉着人们需要欣赏美的事物并且去创造它。这就是少数人创造美，大家欣赏美。

这些少数人被称为艺术家，我把音乐家也冠以"艺术家"之名，尽管二者的作品属于大相径庭的层次。艺术家是出类拔萃的人，是超越国王、超越征服者，甚至超越科学家的人，"芸芸众生"对国王、征服者和科学家表达了应有的敬爱和尊重。这些人去世后，人们轻而易举地为他们塑造起一组组歌功颂德的大理石或者铜雕像。满腔热忱的人民献给伟大艺术家的不仅仅是冷冰冰的身后雕像，还给他们戴上用月桂树叶和玫瑰花编织的花冠，上面镶满黄金和宝石，在一阵阵颂歌声、一片片赞美欢呼声中直插云霄，永放光芒。显然，这一切都是公平合理的。我的上帝啊！公平在人们的心目中只占太小的空间、而人民世世代代将永远首先歌颂的是所有美的创造者。

孩子啊！你要是成为一个伟大艺术家的话，将会受到人们的祝福，受到女人们的敬慕。你就像一座艺术宝库，即便去世后，

也将像活着那样永远享有比别人更多的荣耀。

要是你成了伟大艺术家，要记住我说的话啊！就艺术而言，是无法容忍中庸之道的。任何一种职业，一定的爱好是必要的，同样，要从事这种职业，强烈的爱好，非常强烈的爱好是必不可少的，而且须是不可逆转的。

不管怎么说，只要怀着良好的愿望，凭借自己的才能，一个人迟早会成为一个好工程师，一个好商人，一个好医生的，但是如果没有感受到上天对你艺术的呼唤，你的内心深处还没有被"我要做画家，要做雕刻家，要做建筑师"这种呼唤震撼的话，你还没有焕发出一股炽热感情，没有对艺术的一片痴心，没有战胜一切困难、扫除一切障碍的勇气的话，你不可能成为一个艺术家，只能是一个中庸之才，换句话说，你就是人世间最不幸的人。

人生所有职业中的人们，平庸之人占绝大多数。然而，平庸之人也照样幸福，照样对别人、对社会有用。可平庸的艺术却是荒唐可笑的，平庸是艺术的致命伤，可能导致灾难性的后果。

艺术是生活的奢侈品，然而，用橡皮膏粘起来或用曲别针穿起来，勉强凑合的奢侈品是滑稽可笑的，是丑陋不堪的。奢侈品并非必需品，但是，你要想拥有它，就得有财富和实力来支撑。平庸的艺术家如同披着金箔纸外衣而讨要施舍的乞丐，是没有军队的王位觊觎者，是用最残酷的手段、竭尽所能追求奢侈品的活生生的标本，这是亚当的子孙所遭受到的最痛苦的折磨。孩子啊，你要三思而行哟！

一个伦巴第年轻人从孩提时代起看来就有很高的绘画天赋，亲朋好友对他的长处夸奖得言过其实，对他的仁爱达到了异乎寻常的不幸地步，于是他的第一幅画作拿到罗马的一个地方展出，以获得他人的认可。结果，他意外获奖。想不到这成为他厄运的开始。金子般的梦想昭示着美好的未来。他要用画笔绘出不朽的作品，让家庭富裕起来，光宗耀祖。他参赛的这部获奖的作品竟成了他一生中最好的作品！回到家乡后，他青少年初期的那种远大抱负成了过眼云烟。他的很多画作全是平庸之作。人们拿这些画跟他在罗马的那幅名作相比较，认定现作的画技低于前作，当属次品。人们纷纷躲开他，对他嗤之以鼻，撇嘴摇头，不屑一顾。其实，别人并没有发现他所有的绘画都是平淡无奇的平庸之作，倒是画家自己内心悔恨不已。他努力变换色彩、改变风格，可已于事无补，好的作品再也与他无缘。在睡梦中他老是梦见罗马的那幅获奖画。那幅画色彩光泽鲜艳，画面明丽，他不由得扪心自问：画的作者是不是自己？如今他的画笔好像很脏，线条也不再流畅。他备受折磨，神经、大脑和心脏都备受折磨、痛苦不堪。他没有勇气把自己的画拿到画展去参赛，也没有勇气将画从窗口扔出去一了百了，他从不认输，也没有改变职业的打算。罗马画展的获奖者的命运不也是如此这般吗？

希望和绝望之间的搏斗是漫长、伤心和残酷的。我还记得我认识的这个大好人，在他人生的最后几年，神情沮丧，体弱多病、意志消沉。他无缘无故地哭泣个不停，为鸡毛蒜皮的小事经常发火，他得罪了朋友，又泪水涟涟地请求人家原谅。他不能正确对待自己，也不能正确对待别人，他容不得任何人，然而他是个心地善良的人。他无法过上快乐和宁静的生活。病魔从他的精神世界逐步蔓延到肉体。这位年纪轻轻的可怜画家先是得了脑出血，痛苦万分，最后悲愤地离开了这个世界。

上面讲到的仅是一个人的经历，现在这里有一组数字，是关于"千人故事"的，我在这向你作个简要的介绍。

今天巴黎大约有八千个画家（其中女子有两三千，外国人有三百）。好吧，我们来看看事实，这八千个画家中，最少只有六十个，最多也只有八十个画家的作品是真正有商业价值的！

孩子，想想啊，巴黎居然有七千九百四十个画家生活在愤恨、痛苦和屈辱中啊。

你要是认为自己有成为艺术家的天赋，那你就学习艺术吧，因为跟其他所有职业相比较，艺术将对你大有裨益，但首先你要研究、了解自己，估量你的自身价值。

你千万别相信亲人和朋友廉价的赞美之词，但是你不妨将自己的习作交给已达到艺术顶峰、再不会产生嫉妒心的画家高手或老一代的艺术家，让他们对你的作品作出评估。你还要审视他们的每一个手势、每一个微笑和每一句话，因为在这种情况下，彬彬有礼的回答往往会出于怜悯来掩饰评价的冷酷无情。要是你的作品没有立刻引起人们的兴趣，参加评价的老师没有跟你勾肩搭背，你的同事没有向你祝贺，只是满足于说些"不错，好，好，相当好"的客套话和其他一些类似的说教，那就是说，你应该马上怀疑自己的天赋了。你要是还不认输的话，那你就"学习、学习、再学习"，以后再征求你的评估人更为严肃认真的评价。

要知道，有多少艺术家连认输的勇气都没有啊！他们常常显得盛气凌人，一点儿也听不进别人的好言相劝，结果他们只能为店铺画画广告，为卢卡①的模具店创作小小的石膏像！又有多少艺术家梦想着成为米开朗琪罗②和拉斐尔③啊！可他们靠卖画挣来

---

① 卢卡，意大利一城市。
② 米开朗琪罗（1475—1564），意大利文艺复兴时期雕刻家、画家、建筑师和诗人。
③ 拉斐尔（1483—1520），意大利文艺复兴时期画家、建筑师，与米开朗琪罗和达·芬奇（1452—1519）称为文艺复兴时期的三杰。

的钱还不足以养家糊口。有多少艺术家梦想光宗耀祖啊！可连同龄人都不尊重他们。世人对虚荣而又愚笨的人，对蹩脚的艺术家，对混入艺术神圣殿堂、滥竽充数者是深恶痛绝的。

在人生的平凡旅途中，这些平庸的艺术家没有过上一天安稳宁静的舒心日子，而是在永无休止的忌恨中，在对万事万物的嫉贤妒能中，痛苦地熬过一日又一日，一年又一年。他们像患了狂犬病，会随时咬伤过路行人！

这些平庸的艺术家蓄着长长的胡须，留着长发，衣着色彩浪漫，嘴上总是叼着石膏烟斗以艺术家身份自居，这是多么滑稽可笑哟！这些行走艺术边缘上的人辱骂不相信他们是天才的批评者！每天喋喋不休地大肆宣扬世人对他们的不公，哀叹厄运跟他们总是不期而遇，甚至抱怨占卜学家和卡莫拉①拒不向他们提供体面的职务，让他们过上富裕的生活！啊，他们是多么的怪异荒诞哟！

我上面向你讲了作为艺术家的可怕又不幸的一面。孩子啊，你要是选择了艺术这个职业而又没有这方面的天赋，我真担心我的讲述掩盖了艺术这个职业风光的一面，而给你蒙上了一层阴影。

任何职业都有其阴暗面，也有其光明面。光明面光辉灿烂，闪光耀眼，如同彩虹色石英和钻石发出万道金光，在这个世界上，很少人能享受像伟大的艺术家那样的快乐。

在画室，艺术家站在构思的作品前，凝视着它在自己手中茁壮成长，他反复加工，将其塑造成能跟他说话的"活宝"。他每天用含情脉脉的目光，注视着它，用手抚摸着它，让它变得更加完美。骨骼精心整理成形后，艺术家为它打造"肉身"，再"量体裁衣"，涂彩添色，精雕细镂。为使图像雅俗共赏，他涂彩增辉，

---

① 卡莫拉，波旁王朝时期那不勒斯的一种秘密团体，即为现在横行当地的黑社会组织。

直到最后浓重的一次笔润，雅致、色彩和飘逸同时融为一体，好似给画作披上一件理想的外衣。这时，我们的天才舒了长长一口气，签上大名。悠悠岁月凝缩成他全部的智慧。他放下画笔和画板，禁不住心潮澎湃，感慨万端。

这时候，我们的艺术家双臂交叉在胸前，用爱恋的目光审视着画作，高兴得欢欣跳跃，惊呼大叫！

"这就是我的孩子！这就是我的作品！"然后，他又颇感自豪地说，"我将永垂不朽，万古长青！"

艺术家很满意自己的作品，内心的喜悦溢于言表。他人的赞美，贤人的认可，荣誉和财富如同编织的一个花环罩在他那引以为豪的脑袋上。花环好似神像上的光轮在天才的额头上光芒四射。流尽了辛劳的汗水，艺术家需要长期休养，并不断吸取大自然的乳汁，以便继续推出艺术新作。他感受到的值得享受的无限快乐也应想方设法让其他人来分享。这位幸运的艺术家，其精品金波荡漾，艺术风格变化多端，即使将来他升入天国，也是一个在沉思冥想中追求美的幸福之神。他的画室中陈列得真是琳琅满目，美不胜收，赫然成了一座博物馆。在这里，他往昔的画作与眼下的作品相比，绝不失色。这些作品为国家的荣光添彩增辉，艺术家为此而自豪。

工程师

很多人想当工程师。他们相信，只要全心全意地为大家修铁路，什么时候都不会缺少面包吃。可有人不管自己有没有当工程师的天赋，只是把赚钱作为选择这一职业的原则，这当然是一种误解。正因为这样，有许多平庸的工程师只是艰难地维持着生计，注定不会为国家争光。

工程师作为整个工程学的分科，是需要有特殊天资的一种职业，只有良好的愿望是不够的，只有思想敏锐、聪明伶俐也是不够的，必须有设计和数学方面的优势才行。从小孩子最初喜欢玩什么东西，做什么游戏，便可轻而易举地猜测到他将来会有什么专长。比如说，他喜欢在作业本上画图，仿造大炮、枪支，各类小汽车、小机器，算术成绩一直名列前茅，加上健壮的体魄，厌倦深居简出的生活，毋庸置疑，这孩子有着将来做一个工程师的潜能。

要是我有工程师的所有天赋，要是我能活到二三百岁的话，我愿意用四分之一世纪的时间来研究如何成为一名工程师，毫无疑问，这是个为大展宏图而做出的正确选择，是一种功德无量、有益于千秋万代所有人的职业。道路、桥梁、房屋、工厂、大型机械设备……这些总是出自工程师之手的大作代表着大地上人类的强大。工程师可以改变地球的面貌，让夏娃的子孙安居乐业。工程师削平大山，再造新山，分割陆地，再造岛屿，又把岛屿并入阵地。工程师——这群陆地和水的主人与"暴君"——把水引进干涸的土地，排干湖泊，穿山越岭。

工程师是地理学和地质学错误的修正者。工程师做这些事情时，并没有弄脏手，也没有流汗，只用一支并不怎么精致的铅笔就够了。工程师可以称得上杰出的人，他们拥有无穷无尽的力量，用自己喜欢的方式指挥"千军万马"。他们的"杰作"大大方便了人类的相互接近及和睦相处，这就节省了时间，无异于延长了人们的生命。

工程师中不乏有为人类造福的、最杰出的人。比如说，有的工程师发明了蒸汽机；有的工程师则将蒸汽机加以改造、完善，推而广之；有的开挖苏伊士运河①把亚洲和非洲分开，缩短了欧洲到印度的一千多千米的距离；有的正在把美洲一分为二，使得文明的人们接近澳大利亚、中国和波利尼西亚更方便了；终有一天，一些工程师还会让人们不费吹灰之力地在天空航行，正像今天我们在大洋中破浪前进一样。

那位创建意大利第一所综合工科大学的人是其他学科之父，这个人获得这种殊荣是当之无愧的，他是上帝赐福的人。同样，所有那些促进意大利工程学发展的人也应该受到上帝的赐福，在其他国家同类学校的人们面前，他们应该是不会感到羞愧难言的。这些人比律师略逊一筹，而比一般工程师高出一筹！

今天，我国并不缺少道路工程师，可特别缺少机械师和矿山工程师。

要知道，所有的工业是一刻也离不开机械学的。机械学的应用越来越广泛。我们不得不痛心地、羞涩地从阿尔卑斯山以外的地方去寻找意大利缺少的人才。同样，我们有很多种矿藏，有的还是富矿。可在帕尔杜索拉的工厂，把产自撒丁岛和其他地区的方铅矿提炼成铅、银和锑的全部工作都是由英国人来完成的，另外，很多外国人也在我国的矿产部门任职。

造物主给我们造就了像达·芬奇、米开朗琪罗和布鲁内列斯科②这样的伟人，为我国洗雪了耻辱，赢得了无上的荣耀，时至今日，我们完全有能力再造这些顶级艺术家们聪明过人的门徒。过去，我们的艺术起到了美化巨大工程的作用，建筑科学与优雅的美感艺术珠联璧合。

---

①苏伊士运河，位于埃及东北部，穿经苏伊士地峡，是连接地中海和红海及欧、亚、非的交通要道。

②布鲁内列斯科（1377—1446），意大利文艺复兴初期的建筑师。

如今艺术和机械学的完美结合支撑起一座高耸入云的艺术丰碑。为什么我们应该忘掉这些无上荣耀呢？为什么我们应该这样落伍下去呢？要知道，我们的前辈是出类拔萃的啊！

老实说，在工程学平凡的征途中，艺术是一门精确测量的学问。它可以纠正人们所做的不公道的事情，甚至纠正物理学家的不公正的行为，每天给我们带来无限的快乐。工程师修好了一条路，谁也没有感到它的美和舒适；工程师设计修好了一座桥，好像谁也没有感到它的安全可靠和雅俗共赏。到了晚年，很多工程师开始安度有尊严的悠闲生活，当他们浏览着经自己装饰得多姿多彩的墙壁时，禁不住喜出望外，觉着不管对自己、对别人他们都是有用之人。那些道路呀，房屋呀，立交桥呀，教堂呀，都……都是自己设计和建造的哟！流言蜚语终会曲终飘散，如同云雾一见阳光就消失那样，各种批判也会不攻自破。

建筑即便成了断壁残垣，也是看得见、摸得着的，要是面带微笑的艺术家再对其增色添彩，就会充分证明：美的策源地将会锲而不舍地再创美好的世界。

跟其他许多职业相比，工程师的生活有着巨大的优势所在，其屋内生活和户外生活保持着完美的平衡，为身体健康和精神健康这二者的高度和谐创造了最好的条件。

工程师颇像观光客和农夫。比如说，他在平原和山区设计公路或铁路，为一块土地绘制工程图，为一座建筑绘制设计地基，过着风餐露宿、居无定所、富有诗意的生活，这反而使他的体魄健壮了，肺活量增加了。

接着，他带着用"点"和"线"组成的设计方案返回书房，摇身一变，成了一名正襟危坐的"学者"，松弛一下肌肉，强化一下大脑。

这两种工作轮换交替，愉悦着身心，使得工程师体力过人、精力充沛，没有因为操劳过度而心灵扭曲、焦急不安，实为一个完美的人。

不管是在白天还是黑夜，不管是在春夏还是秋冬，所有完美的职业都要与大自然为伍，水乳交融，在不同性质的工作交替中，让人的器官及其功能得到休憩，大脑和肌肉都要保持自然的平衡。

综如上述，所有脑力劳动的高级职业中，唯有工程师的职业是最有益于身心健康的。

律 师

伦巴第人的方言是生动活泼的。他们用本地区富有特色的语言囊括了法学和社会学的所有分科。他们从"司法"这个学科那里采撷了"研究法律"（法律为单数词）这两个单词来加以诠释，假如他们把"法律"这个单词由"单数"变为"复数"，这就为研究法律赋予了最科学、最准确、最真实的定义。

研究如何治理本国和主宰其他国家人民法典的人是实施、解释和捍卫法律最适合的人选。深刻了解人类社会大厦是建立在何种基石上的人可能成为履行自己义务和除暴安良的法官，也可能是一位捍卫清白无辜者的律师或庇护罪犯的律师。

孩子啊，你在学习和研究法律之前，应三思而后行。为什么要反复思考？不少人认为学习法律并不需要什么特殊的天才，只要有良好的愿望就足够了。于是，那些厌烦数学的，那些连常春藤的叶子都画不好的，那些看到尸体就感到恶心的或没有激情满怀的人，都想去学法律。

法律是一个大垃圾桶，是罪犯的巨大避难所，里面有才智极为平庸的人，不中用的人，游手好闲的富人，在大学混日子以谋取学位的人，还有不求进取、安于现状的蠢人和任人摆布的人。这些人的人生理想无非是梦想成为一名仰人鼻息的小职员，到了月底能领到正常薪水，没有才能经商，没有勇气与命运抗争，没有殊死的搏斗，没有自由的竞争，只是按部就班，老老实实地沿着等级森严的阶梯，从卑微的办事员爬到一个什么科长的"宝座"。这个大垃圾桶里，一个无辜小民旁边，总有一个道德败坏的刁民，他热衷于钝刀子杀人、爱耍阴谋、放冷箭、传播马路消息、大量散布流言蜚语。

但是，在这个如同羔羊任人宰割的人和狡猾得如同狐狸的人组成的群体中，也不乏有识之士，他们死守尊严的底线，坚守指导人生所选择的职业道德。孩子啊，你要是想成为律师的话，就得跟他们中间的任何人打交道，你假如没有与生俱来的展翅高飞的本领，那么，你与其闻着办公室的烟臭味，还不如过一种呼吸着清新芬芳空气，有益于身心健康的田园生活，或者选择那些能尽快给你带来好运，让你获得独立人格的职业。

我一直认为，一个国家律师的多少与其民众的多少往往是成反比的。也就是说，律师多的国家，这个国家肯定是最糟糕的，一个国家的人民要是充满活力、非常强大的话，他们就应该寄希望于矿工的凿子、农民的锄头和机械师的圆规，而不应该是讼棍①的笔。一个颓废没落、病入膏肓的社会，它的一切都被蛀虫撕咬得千疮百孔，陈规陋习、各种偏见根深蒂固，支撑社会大厦的基石随时可能陷落，这样的社会滋生出一批又一批的坏律师、坏职员和强词夺理、怨天尤人、品行恶劣的势利小人。本来一清

---

①讼棍，唆使别人打官司而自己从中获利的坏人。

二楚的法律，经这些人一解读，反而变得含糊不清了；本来是要把错综复杂的问题理出个头绪来，可经他们一插手，反而节外生枝，一个难题变成许多再也解不开的结了。啊，人们呼唤着像司法部原部长亚历山大那样的新部长再次出现，以便快刀斩乱麻般地果断解决难题。

但是密如蛛网、一团乱麻般成千上万的难解的结盘根错节，给神圣的法律蒙上了阴影，使法律变成一片荆棘丛生或不毛之地。诸位，要是你们想消灭毒蛇的话，首先要铲除或烧掉灌木丛，因为毒蛇就隐藏在那里。

在那些荆棘丛生、乌烟瘴气的部门，你们别担心大刀阔斧的改革。只有这样，我们才能开创一个新时代，正像盖房子需要从打造牢固的地基开始做起那样。我们绝不能建立一个一半人监督另一半人、互不信任的社会。在相互尊重的基础上，建立一个良好风尚的法制社会才是我们的最终目标。

孩子啊，此时此刻，我敞开心扉并不是向你诉怨，而是由于我在跟讼棍和奸佞小人接触中，心灵受到过他们残酷的折磨，只不过想借此发泄一下自己的怨气而已。在这里，我只是向你介绍一下职业这个大范畴内存在的善与恶，而没有从"法学"这个大学科的角度做进一步的阐述。

法学博士的文凭既是为你雕凿的神龛，让你萌生卑鄙的念头，又是为你敞开的官殿大门，让你伸张正义，或者是另一扇最雄伟官殿的大门，让你手握权杖，制定法律。法律界人士欲壑难填，他可以做最高法院的院长，在司法领域，他的权力可以超越国王和议会；他可以做部长会议主席，成为君主之后的意大利第一公民。你拿到法学博士文凭后，再经过坚持不懈的努力学习，将渐渐看到地平线上的曙光，这时候，你可以从展现在面前的许多条道路中，决定你走的那唯一的道路——法律学。

不管选择什么样的道路，都需要美德、坚定的信念和百折不挠的勇气。毋庸置疑的诚信、坚定不移的决心和钢铁般的意志是每个法律工作者必读的一部"圣贤书"。在人类社会，法律工作者是正义的守护神，是不公正行为的报仇雪耻者，如同神父守护着神龛，免得里面的圣像受到亵渎一样。对法官、律师、政治人物及其他所有各阶层的职员来说，诚信是他们在司法王国里必须接受洗礼的第一件圣事①。

法律工作者就是纯净水源的守护神。巍峨壮观的冰雪之山参天耸立，融化成叮咚潺潺的流水，沿着沟壑、峡谷顺流而下，汇成涓涓细流，浇灌着土地，滋润着人们的心田。要是守护神弄脏了水源，即便是浑浊不清，也会给饮水人带来巨大的灾难。

有了诚信，加上勇气和英雄气概，那你就去学法律；作为战士或二等兵，作为上尉或将军，你要是为给你摇篮的祖国和为你起名的家庭立了功，那你就去学法律；你要是有很强的战斗性，并坚定地认为，面对激烈的争论你不回避的话，临危受命的机遇对你是习以为常的话，你就去学法律。

除了诚信和勇敢，还要加上聪明和智慧，渊博的知识，讲话热情洋溢，举止魅力四射。如果做到了这些，你就是一颗耀眼的明星。你将从平原登上山丘，从山丘登上高山，从高山登上巅峰，你在你的人生之旅上就能奋勇前进。在那里，你远离"芸芸众生"和"污泥浊水"，阅读到的将是永垂不朽的信条——标志着善与恶、真与假、正义与非正义的分界线。

你可别为那些现代理论和冒牌货所诱惑，那些伪造的理论不

---

① 圣事，洗礼、圣餐、坚信、忏悔、圣职、结婚、临终涂油是基督教的七大圣事。

过是思想上的歇斯底里，也别相信那些所谓可靠的教义，说什么新的总是真理，今天的总比昨天的要好。人的良心中，总有一些铭刻于心、亘古不变的道德准则，任何诱惑的理论都无法将其摧毁。在诠释公正与不公正中，你都要死守这样的底线。理论也有过时的时候，一种理论将代替另一种理论，但是，人的良心的基础将跟人一样永世长存。

从"法学"这同一学科派生出不同职业，正像人们的聪明才智各不相同一样。由于天资不同，人们的兴趣爱好、习惯也不尽相同。

你要是不爱戎马生涯，喜欢过一种平静、稳定、可靠而没有狂风暴雨，没有起伏跌宕的生活，那你可坐上一只小船，驶向行政或政府的港湾，当一名悠然自得的职员。

假如你是个好斗分子，讲起话来滔滔不绝，口若悬河，才智过人，那就去做律师。这样你或许能够以迅雷不及掩耳之势，在不触犯法律的情况下，拯救真理，拯救灵魂，挽回损失。

要是你真的渴望正义，真理的大获全胜确实让你感情激荡，长袍①的尊严的确吸引着你，那你就去做法官。

假如你爱祖国胜于爱一切，你已经很用功，学了很多东西；假如你想学习学习再学习，努力努力再努力；假如你有雄辩的天才，是位好斗的勇士；假如你想在你的祖国的历史上留下深深的足迹，那么你就去做政治家。选择了这个职业，你就再也不要寻思着会给你带来什么样的幸运和荣光了。你面对的是对所有人承担义务。当你为自己的君子品性和公民良心而深感自豪时，你必须做好让人忘记你并被其嗤之以鼻的思想准备。政治家不要成为

---

①长袍，法官的礼服。

供奉他人的祭品或殉道者！他没有权利去追逐等级森严社会的第一把交椅。

在政治斗争中，你应该拿起笔，当一年甚至一天的新闻记者也好。

在你的书桌上或在你的墨水瓶上，凡是眼睛能看到的地方写出或刻出三个词：诚信、诚信、诚信。对你来说，你要肩负起崇高的使命，照亮舆论并正确地引导舆论。你要时刻想到作为新闻记者的那支秃笔——这既是一件凶器，也是一件有益于人的工具。它可以杀人，也可以救人；可以腐蚀人，也可以教育人；可以出卖人，也可以塑造理想化的人。

起初，聚集在你周围的只是少数，但只要这些人有大义凛然的勇气，就可能发展壮大成为一个军团，但过了不久，只会剩下少数几个卑鄙下流的小人和愚昧无知的人。

医 生

孩子啊，你尊重人性吗？为了研究、接触人的本质，你可以不怕恶臭的尸体，不讨厌痛苦的呻吟和令人恐惧的伤口吗？

孩子啊，从来没有一个小时的自由空余时间，你会感到惊奇吗？人们的忘恩负义，你会愤怒吗？愚昧无知的蛮横无理让你厌恶吗？分担他人的痛苦让你沮丧吗？

孩子啊，用得着你的时候就呼唤你，用不着你的时候很快就把你忘记，这种讨人嫌的职业你不觉得反感吗？

要是你对第一组问题做出肯定的回答，对其他问题做出否定的回答，好吧，那你就鼓起全部勇气来去学医吧！成为一名工程师，需要特殊的天赋，而作为一名医生则更需要坚强的意志，有能力化解处理各种矛盾，战胜一切艰难险阻，经得住批评和指责。

假如你的志向呼唤你学医的话，在你下定决心之前，无论如何，不妨结交一两个医术并不太高明的本地医生作为朋友，听听他们的意见。

自然，他们会向你描绘这一职业的可怕图景，绝对是一幅真实的漫画。请你权衡一下利弊，做出判断。你的朝气蓬勃、丰富的想象力和你对医学的热爱（这是你愿意选择的职业）使你勾画出另一幅别有情致的蓝图。你把两幅图画放在一起，用立体镜同时细细察看，你会从中抽出一张独一无二的，那是真实可靠的，它必将影响着你的判断力和决心，指引你前进的方向。

那些被你咨询的、医术并不高明的医生将对你说些什么呢？

他们会对你说：做医生前，医学系的学生必须在冷冰冰的大理石工作台上学习解剖学。台上，你看到的将是残缺不全的四肢、腐臭内脏这些令人作呕的东西。你还要学习临床课，目睹的将是不幸和痛苦的惨状。

他们将告诉你：医校毕业拿到文凭后，你将成为医生，开始从事自己漫长而充满艰辛、遭受痛苦折磨的职业。

他们将告诉你：你的毕业文凭是流血流汗得来的。你像年轻时的埃斯科拉庇俄斯①驾舟终于驶入港湾，四周的礁石高高矗立，时刻威胁着你的生命安全。

作为年轻医生，你将像年轻的水手在锡拉岩礁和卡律布狄斯大漩涡②之间面临着两难决策的形势。如果做乡村医生，你就要

---

① 埃斯科拉庇俄斯，古罗马神话中的医神。

② 锡拉岩礁和卡律布狄斯大漩涡，指意大利西西里岛墨西拿海峡上的岩礁及其对面的大漩涡，比喻船行驶到这里进退两难，容易腹背受敌，这里借神话故事，寓指行医不容易。

吃那里坚硬、变味的面包；你要是做城里的医生，你将会吃到那里精美的面包，但因为城市经常发生骚乱，局面动荡不安，要买到这种面包也非常困难。

乡村的医生告诉你，他是奴隶中的奴隶，仆人中的仆人。他的第一个主人和暴君就是市长及其市议会的全体爪牙，市长的妻子和议员先生的夫人也是他的主人和暴君，还有当地的药剂师、行业总管也是他的主人，乡下佬是他最后的主人。为了饱餐一顿，吃上爆肚，乡下佬有权在正月冷冰冰的深更半夜把他从暖烘烘的被窝里叫起来或在八月的三伏天让你穿越荒无人烟的沙漠去买蘑菇和牛猪羊肚。

他对你说，医生从一月一日到除夕之夜，要不停地干活儿，白天干的时间很长很长，马不停蹄，夜间还得干些粗杂活儿。

他对你说，你将遭受富人的折磨和侮辱，遭受穷人的粗暴对待，拼死拼活干完一年后，收支刚刚平衡。

城市的医生对你说，在实习的前几年里，他们花光了自己少得可怜的积蓄，连早餐的面包也吃不上。

医院的一位医生是无偿提供几年服务以后才领到微薄工资的，给亲朋好友看病当然也是免费的，一声"谢谢"是他的"酬金"。他在药房当坐堂医生，寂寞难耐地等待着，就像蜘蛛在空中凝丝结网设陷阱，在迷宫中睁开八只眼睛，悄无声息地等待猎物上钩一样。机会终于来了。第一位疑神疑鬼的患者一边叫着医生一边拿出一个里拉来，这让医生哭笑不得，有苦难言，因为你坐马车、坐电车穿过整个城市就要花掉半个里拉！一座类似各各他山①的无名山腰上，一条弯弯曲曲、陡壁的羊肠小通通向山顶。走起路

---

① 各各他山，意译为"髑髅地"，耶稣基督曾在此山被钉死在十字架上。

来非常费劲，常常累得腰疼腿酸，你历尽千辛万苦，最后总算爬上了山顶。一位被你看过病的患者非常吃力地向你介绍另一名患者，说什么你是医术相当高明、收费又少的医生，还有，看门人长期患重病，你免费为他看好了病，可看门人又把你热情地介绍给自己的主人，而主人又让你免费为自己卑贱的厨师和女洗衣工查身验体。在一个社区，你打造了可靠患者的第一部花名册，取得了初步的成效。这个时候，你的一位业内同行突然翩然而至，控告你在一次时运不济的医疗事故中表现得愚昧无知，并对你造谣中伤，还说什么他是出于善意才这样做的。这一事件让你成为人家的笑柄，给你本人造成了伤害，使你这样辛劳和学习换来的成果转眼化为乌有。

你的一个患病朋友经你在他家里精心、满意、长期治疗后，恢复了健康。可这人是个翻脸不认人的家伙。当他从远处见到你时，转身就走，因为他必须向你付一笔可观的治疗费。还有的患者对你的要求过于苛刻、野蛮、残忍。法院、政府和其他所有人对你有所求时，他们把你视为一个可以随便殴打、踩在脚下任意蹂躏的炮灰，更不用说经常面临着得上传染病的危险了，也不用说痛苦不堪、焦急不安的生活了！没有安宁，没有休息，没有睡眠，没有思考问题的时间！

孩子啊，我向你描绘的这幅图画，并非都是真实的，但一部分却是千真万确的。你要思考一下我的劝告，放在天平的秤盘上衡量一下当医生的利与弊、好与坏、得与失。

我提醒你注意帕维亚①大学医学系一位教授的一席话。学生临近毕业时，这位教授跟他们告别时说："你们要时刻牢记：作

———————

① 帕维亚，意大利北方的历史名城。

为医生，你们的职业是非常不舒服地坐在第三把交椅的位置上，坐在正厅的位置也同样不舒服。你们要竭尽全力让自己坐在舞台的第一排和第二排的位置上，只有这样你们才能感觉自我良好。"

看起来，这位教授善于把握人生的最好时光，经过奋力拼搏最后终于坐在了第一把交椅的位置上。显然，他向自己的学生过分地夸大了令人痛苦的回忆。有很多乡村和城市医生，尽管他们不是名医，却一直是过着幸福的生活。他们受到大多数人的尊敬与爱戴，过得相当舒适，并非常满意这种清闲、舒心的日子。他们很快地忘掉了那些忘恩负义的病人，永远记住那些热情的谢意。他们诚心诚意地安慰病人，生活得很快活，吃得好，睡得香。他们爱和平民百姓聊聊家长里短，对家乡陈芝麻烂谷子的事儿了如指掌。他们对人们的宽宏大度、包容，因为他们见多识广，对人们充满着爱；因为大多数人中，善总是超过恶。首先，他们意识到，自己应该成为有用的人，应该尽到义务，成为国民中的优秀分子。他们治好了许多病人，万一治不好，就安慰他们，让其安静下来，减轻痛苦。

我的孩子啊，要是你选择医生作为你的职业，你一定要坐在舞台第一排或第二排的座位上，如同那位了不起的帕维亚大学教授对学生希望的那样。亲爱的，倘若做到了这一点，你不仅是好样儿的，还是最棒的！

完美的医生是世界上最幸运的人之一。这样的医生正像歌德①所描写的老博士浮士德所希冀的那样：了解善与恶。了解善是为了给劳苦大众带来福祉，了解恶是为了严惩它。

一个完美的医生深刻地了解人们的内涵和外表，他这样做不

---

① 歌德（1749—1832），德国诗人、作家，代表作为诗歌《浮士德》、小说《少年维特之烦恼》。

仅是为了自己，也是为了别人。他到处治病救人，是驱除病魔的行家里手。他刚擦干了眼泪，转眼间就破涕为笑了。他从没有感到如此快活过！

他回到了家。同样，家人也为他操碎了心。家人焦急不安地盼望着他早日回来。回到家里，他受到啧啧称赞和热情款待，一张张绽开的笑脸，一个个诚恳的祝福向他表达着敬意。为他排忧解难的有家人有朋友。他把遭受苦难的全人类视作自己的家庭一员。他是基督教真正的、最忠实的信徒，他为所有遭受苦难的人忍受折磨，他尽职尽责，他历经磨难，他流血流汗，他蒙受不白之冤，他也为所有受苦受难的人而死，虽死犹荣。

没有人比优秀、高明的医生更伟大了，没有人比他更富有、更强大了，什么人也无法替代他，跟他平起平坐。不管你怎么样伟大，在病痛面前，都会向他低头的，因为没有任何东西像疼痛那样让人人都是平等的。百万富翁、部长和国王受到病痛的折磨时同样急赤白脸，积极主动赶去敲医生的门。别人给你的是黄金、荣誉和享乐，医生给你的是健康，是比金钱、荣誉和情爱价高千百倍的健康。

百万富翁、部长和国王在痛苦呻吟中变得一律平等，在医生面前都显得卑躬屈膝、微不足道。他们双手合掌，用恳求的声音，企盼从知识渊博的医生那里挽回生命。生命仅仅延长一天，哪怕一个小时也好嘛！此时此刻，眼前的人性的所有弱点和渺小，医生都看得一清二楚。医生不仅应该充满怜悯心和同情心，同时还应该感到自己是最正直人中的一员，最值得自豪的人中的一员。他是慰勉的施舍者和生死的主宰者，在这种情况下，医生怎么不会忘掉和饶恕幸运宠儿的蛮横无理，忘恩负义者的不道德，弱者的嫉妒，世人的一切卑鄙行为和所有邪恶呢？

在痛苦和疾病中，优秀和聪明的医生采撷着生命花园中最美和芬芳的花朵。天真的孩子们冲着他微笑，女人的温柔、紧紧握手的感激，平民百姓的赞美，富人的金子都是冲着医生而来的。他可以，也应该大把大把地拿富人钱箱里的钱来救济身无分文的贫民。他的"杰作"就是生命，他应该是正确地估计自己穷累工作的第一个人，还应该从富人那里索取所需要的东西，以便把自己的时间和收取的金钱用在穷人身上。

要是大多数医生不是贪得无厌地去进行卑鄙交易的话，他们的职业的光辉在平民百姓的心目中是经久不衰的，因为平民百姓认为，卑劣的行为早晚会酿成苦果。要是律师、工程师和人类社会的所有"大小工人"都重视他们的劳动价值的话，为什么唯独医生才心甘情愿地乐于奉献，要求别人的恩赐呢？

就感情而言，没有任何其他一种职业传递着无比的柔情蜜意、最为引以为荣的成就感和内心深处的欢悦感，而留给医生的却是永驻心田的无尽快乐。医生比任何自然学科的学者都最了解人，因了解人而泝生出来的所有善事都应归功于医生。他眼前有一块荒芜的田地，然而还可以使它肥沃起来。流芳百世者的名字刻在哪里，医生的名字就写在哪里，什么都不能抹去他们的名字。

人的机体是一部可知的最完整的机器，也是一部还没有完全被认识的机器。还有成百上千的奥秘等待医生去破解。数世纪以来，也还有成千上万的新大陆期待着它们的哥伦布①去发现！有关器官的多少功能我们还不了解啊！

还有多少机制，如有机体的构造、功能和相互关系，我们更是不甚了了啊！还有多少不治之症等着医治啊！

---

① 哥伦布（1451—1506），意大利航海家，是发现美洲新大陆的第一个欧洲人。

医生可以挽救一个还未出世的生命，可以将一个瘦弱、发育不良的孩子变成一个强壮、长寿的人，可以让一个窒息的人起死回生，可以制止鲜血从受伤的静脉汩汩地流出来，否则，大量的流血会夺去他的生命，可以让一个驼背的人直起腰来，让聋哑人会说话，可以让盲人重新见到阳光，让神经错乱的人重获另一种意义上的"光明"。医生可以让一个奄奄一息的人破涕为笑，变成一个幸福的人，可以让人息怒，可以阻止自杀，可以延长人的生命，让一个悠久民族某个时代的历史宝库更加充实，可以把逞凶肆虐的沼泽地改造成为发财致富的良田，可以用严格选定的清洁卫生的浴液让一个民族的人口成倍增加，改善一个种族的命运。

只有这种特别善和强的另类人才能做医生。难道他不应该因为这种能力而趾高气扬吗？难道他不应该以能够随心所欲地驾驭所有这些势力而感到自豪吗？

但是，孩子啊，你要牢记帕维亚大学教授讲给他学生的那些话。要是你当了医生，就不要坐在观众席上，更不要坐在楼座上，而要坐在"舞台"上。

巴琪恰舅爷上述这些札记是写给未来自己的孩子的，但他没有孩子，所以后来就送给外孙恩利科了。另外，我们还发现了巴琪恰舅爷的附言，现摘录如下：

孩子，在我的这部回忆录中，并没有发现有关军人职业的论述。这并不是说我看不起这个职业，我者说忘记了它。只是因为我建议你阅读德·阿米琪斯①的那些无可比拟的作品，从那里，

---

① 德·阿米琪斯（1846—1908），意大利著名作家。青年时代从军，后来成为战地记者，其代表作《爱的教育》和《军营生活》中都有对军队精彩生动的描写。

你可以看到军人这一职业的全部理想。但是，随着人类社会文明的进步，军人的作用必有丧失的一天。

第十八章

巴琪恰舅爷讲述三个神圣的美德·康复后的恩利科

回到都灵

　　我向你们讲述了巴琪恰舅爷的情况，介绍了他如何向外孙传授实用哲学的知识。在此期间，恩利科一直沐浴在海滨的阳光下，经常在舅爷的花园里散步，圣·特伦佐的气候令人陶醉、快乐。他的身体已完全康复，跟几个月前相比，判若两人，现在谁也不认识那个刚从都灵来的脸色苍白、宛如豆芽菜的男孩了。

　　舅爷像爱自己的孩子一样爱恩利科，他真想让恩利科一直待到十一月份再离开。但爸爸妈妈和医生不同意舅爷的挽留，认为恩利科的身体恢复得比想象中的还要好，可以说，完全恢复了健康；而且现在正值秋天，是收获葡萄的季节，恩利科全家也准备去自己的阿斯提杰亚诺的葡萄园采摘果实，爸爸妈妈迫切希望恩利科在皮埃蒙特自家葡萄园中度过今年的最后一次乡间生活，进一步增强体质，为十一月份恢复学业做好准备。

　　同意恩利科回家有充足的理由，爸爸妈妈为儿子说情，也不能说这种做法是十全十美的。舅爷的反应是从内心深处长长地叹了一口气，因为他必须听从上帝的安排，重新过孤独的日子。

恩利科离开前，舅爷约他上午到塞拉村去散步。塞拉是一座位于山顶，俯视列里奇大部分地区的小村落。坐在街心广场的围墙上举目眺望，锦绣山川艳丽迷人，尽收眼底。

首先进入视野的是列里奇的古城堡，然后，透过橄榄树林和栎树林，妩媚多娇的美景一览无余。小小的圣·特伦佐、圣·玛利亚、发尔科纳拉、帕尔都索拉的所有小港湾星罗棋布；拉斯佩齐亚海湾无边无际，其高楼大厦、造船厂历历可数，风景如画；僻静的韦内雷港深藏不露，维尔德·帕尔玛利亚岛如同一个胆小鬼逃离了大陆，跟毗邻的两个最小的岛——提诺和提内托——兄弟般地相依为伴，形影不离。

现在正值九月，天空和大海竞相比美，看谁更清澈、更蔚蓝。目力所及的远方，水天一色，大海和长空像一对依偎在一起的热吻恋人低声细语，跟彩色缤纷的田野水乳交融，溶化在一个粼光闪闪、银白色的硕大湖泊中。

气势磅礴的风光婆娑多姿，交相辉映，艳丽迷人，勾勒出一幅苍郁幽深、碧彩霞光的画卷。奇特竞秀、光华四射相连缀的风景，衬托出橄榄树的淡绿、松树的翠绿、葡萄树的黄绿，织成了锦绣、壮丽的大地。远远望去，如同乌龟似的巨大军舰，几艘货轮和白色两桅小帆船在大海上游弋。这真是太美了。置身其中，谁都心醉神迷，默默地不吱一声，聚精会神地极目远望美景，毫无倦意。

祖孙俩陶醉于山川景色之中，很长时间没有说一句话。只是痴痴地观望着、欣赏着……过了一会儿，他俩几乎同时惊呼起来"哟，多美啊！"

舅爷随之深深地长叹一口气，接着说："恩利科，你看，在我们周围，有着无比丰富的艺术和自然资源。无穷无尽的奥妙蕴含在目力所及的起伏山峦和宁静的大海中，它们又跟广阔天涯的地平线相连缀，辽阔无边得谁也没有测量过离我们有多远，这些都应该成为引人扬起生活之帆的无限遐想之源。

"我们待在这个地方脚踩着大地，手触摸着悬在头顶上的橄榄硬枝头，而橄榄油是供我们每天吃喝的必需品，这些村落，这些田地，这些房子都是我们赖以生存的基础，我们必须首先想起它们，善待它们。

"不远处或者更远的地方，你可以看到高耸于群山之上装备着大炮的要塞，看到拉斯佩齐亚的雄伟造船厂和价值数百万、能在几个小时摧毁一座城市的军舰。一旦我们的国家受到威胁，我们必须用这些武器来保卫她。同样，你也必须以勇气武装自己，把自己铸成铜墙铁壁来打赢生活中的战争，制服无耻之徒，不畏强暴，呵护弱者。

"然后，然后……在有面包吃的今天，我们必须进一步想到明天用这些武器、这些军舰来捍卫祖国，再想到后天，以至永远……即理想。透过乳白色的雾霭，你凝视一下远方，凡是大海和天空连接处，就见不到大地，见不到长空，见不到水面，但所有这些可以用'珠联璧合'来形容。距离越远，你的视力就越减弱，眼睛就失去了辨别物体形象的能力。你的生活就是这样：今天有面包吃，制造武器明天用。但是，你还必须想得更多更多，不断地思考一些大事，一些永远思考不尽，双手触摸不到的大事。说一千，道一万，不管你是虔诚的教徒，还是真善美的化身，都无关紧要，重要的是要有超越自我的远大理想，不被日常生活中的庸俗、蝇头小利所腐蚀。用餐时，可以用金质餐具，也可以用锡制餐具，喝酒可以用玻璃瓶，也可以用银质杯，但是面包和酒并不就此改变味道；你可以躺在粗糙的床单上睡觉，也可以躺在镀

金和青铜华盖下睡觉，但是，并不因为你睡在穷人的床上或者富人的床上就做着不同的梦。为了肉体上的快感是不能肆意妄为的，这就如同人们不能随便越过国境线一样。衡量幸福时，对所有人来说，用的都是一条平等的分界线，是第一眼便能看到的分界线。

"并不是说，一个人从哪里开始他的理想，他肯定就是自己命运的主宰者，就是大地的主人、长空的主人。单就餐桌和睡床而言，人和动物的差别是微乎其微的，但是人们在哪里祈祷和企盼，在哪里授课或思考，这种在哪里的细微差异却是无限的，从某种意义上说，教堂和学堂应该始终是一对孪生姐妹。

"恩利科啊，假如你想快乐地生活，不愿意像其他人那样因受到上帝的惩罚而咒骂生活，你就要尽可能地把理想注入自己的日常生活中。你的每一个行为都应受到心灵的启迪，受到真理的引导和匡正，这些我已向你说过多次，可我并不因为我的一再重复而后悔。

"没有头脑的心就等于没有舵手的帆船。

"没有心的头脑就等于没有帆的舵手。

"头脑和心的结合就意味着思想和感情所有能量的和谐，意味着一个聪明的正人君子——一个完美的人。

"神父将教给你三个神学的美德：信仰、希望和爱心，将向你解释这三种东西之所以是最美好的道理。我显然不是神父，可我一直认为，在现实生活中，这三种东西是须臾不可分离的，是其他所有幸福之母。

"从本质上讲，这三种美德就是正直、劳动和理想。

"我的恩利科啊，你要精心培育对这三种美德的感情。如果说你没有从我这个年迈的舅爷这里学到什么的话，三种美德你必须学到，我相信，将来你不会说白白跟我一起度过了几个月光景的。

"一个热爱劳动、有远大理想的正直的人，是幸福的人，是有用的人。走完自己的人生之旅后，他会闭上自己满意也让别人满意的眼睛。大人物和小人物，强者和弱者，富人和穷人，天才和平庸之辈……我们所有的人都应该成为正直的人、成为劳动者，都应该有一片时时关注、属于自己的晴朗天空。不论任何人，只要他逃避义务，违背大自然的规律，他就等于摧毁了将昔日与未来联系起来的桥梁，他将为自己的罪过付出昂贵的代价。

"恩利科啊，你的心很有灵性，头脑也很清醒，我深信你将成为一个正直的人，一个奋斗不息的劳动者，你的头顶上将有一片理想的蓝天。"

恩利科默默地不吱一声，可眼睛都哭红了。巴琪恰舅爷从没有像今天这样带着哭腔，用含着眼泪这样的方式跟恩利科说过话。恩利科知道，这是他俩的最后一次散步，从今以后，勇爷再也不会跟他推心置腹地交谈了。

两人默不作声地走下山来，这时，从拉斯佩齐亚远处传来的大炮的轰隆声，打破了他们的沉默。

"舅爷，那是什么声音？"恩利科问。

"那是罗马时间。准确地说，是中午的报时钟声。炮声是通过有线电报机从康皮托里奥山丘[①]向意大利全国所有重要城市发出的标准时间。罗马是永恒之城，是祖国的心脏，每个地方都同时感到这颗心脏的跳动。罗马时间就是整个意大利的时间。当我像你现在一样是个小伙子时，从未想到过会在我死之前能在拉斯佩齐亚这个地方听到康皮托里奥的时间。此时此刻，威尼斯、巴勒莫、米兰、都灵、那不勒斯都在倾听整个意大利的标准时间。

---

① 康皮托里奥山丘，位于罗马市中心，古罗马城建于其上的七个山丘之一，从古至今一直是罗马市政府的所在地。

我们的祖国只有一颗心脏，无数个头脑都为她服务，无数只胳膊会让她变得强大起来，伟大起来。恩利科啊，爱你的祖国吧，好好地爱吧，永远地爱吧！可以告诉你，我周游过全世界许多地方，我发现，我们的祖国是世界上最美丽的国家。意大利曾把自己的文明传遍整个欧洲大陆，可后来却遭遇数世纪的不幸。罗马的标准时间，每天向我们致意，我们也应该向永恒之城——罗马致意。"

巴琪恰舅爷和恩利科摘下帽子，沿着山路一声不响地向圣·特伦佐走去。